新選組血風録

㊤

司馬遼太郎

目次

★：譯注　◎：編按

上冊

下冊

油小路的決鬥

一

出生於京都室町工匠家庭的阿惠，與一名有怪癖的男子，同居於京都九條村一戶農家的別房裡。

這名男子是新選組的諸士調查役★，名喚篠原泰之進，是個膚色白淨的壯漢，操江戶口音。說起他的怪癖，便是一有空就到井邊潑水清洗耳朵。

曾經有位熟識的醫生規勸他道：「你最好戒掉這個習慣。要是水跑進耳朵裡，造成潰爛，會害你丟了性命。」隔天清晨，阿惠便跟在泰之進身後來到井邊，按住水桶，語氣堅決地對他說：「別再這麼做了。」

阿惠正欲拿走水桶時，泰之進像個少年似地，緊緊抱住水桶。

「我不要。」

「這樣有害身體。從今天起，您別再這麼做了。要是耳朵癢，我每天都替您掏耳朵。這樣總可以了吧？」

「說什麼傻話。」

諸士調查役：類似檢察官的職務，調查武士違法犯紀的行徑。

泰之進聞言後，反而認真了起來。手裡仍緊緊抱著水桶。

「男人很珍惜小時候養成的各種癖好，不讓自己完全變成一個大人，以此面對人生。和女人不同，要是男人改掉這些癖好，女人就會分不清誰是誰了。」

泰之進想說的是——有癖好才算是男人。

「話是這樣沒錯，但這可是性命攸關的事啊。」

「生死有命。倘若我真那麼命薄，會因清洗耳朵而喪命，那我早就在打殺中喪生了。」

泰之進毫不聽勸。

此外，他還有一個算不上怪癖卻又令人頭疼的嗜好：嗜吃豬肉。也不知他是從何處購得，他時常買豬肉回家，向阿惠命令道：「阿惠，拿去煮。」這令京都人阿惠大喊吃不消。

說起當時的食用肉類，只有魚和雞，人們不吃四隻腳的動物，而且幕府也明令禁止。不過，野豬肉、鹿肉、味噌醃牛肉等等，在江戶和大坂★的山產店都有販售，但都聲稱是用來「藥補」，只有病患或佯裝病患的人才吃這類的肉食，而且在「藥補」時，會刻意以紙張將神龕貼得密不透風，煮過的鍋子也會端到庭院的角落，在太陽底下曝曬兩天之久，足見當時對此有多忌諱。

大坂：即日後的大阪。

阿惠一開始曾雙手合十向泰之進討饒道：「這我實在辦不到，您饒了我吧。」

泰之進朗聲笑道：「別開玩笑了，現在時代已經不同。京都人就是這樣墨守成規才討人厭。在江戶，連擔任將軍大人後見役★的一橋大人（德川慶喜），也很喜歡吃豬肉，所以這在大都市裡可是蔚為風潮呢。吃豬肉可說是江戶人的驕傲。」

阿惠心想，真是拿他沒轍，與其說是情人，不如說是養了一個淘氣的小鬼。

說起她與泰之進的初次邂逅，也同樣與眾不同。阿惠曾嫁給一名同業的男子，後來離異。她不想搬回娘家，便在祇園一家茶店當端盤女侍。

端盤女侍是只負責將菜餚端到包廂的工作。所以在發生那件事之前，阿惠對常來這家茶店光顧的泰之進沒半點印象。不過，泰之進似乎老早便知道她的存在。

那件事發生在某個晚上，當時阿惠走在昏暗的走廊上，與如廁返回的泰之進擦身而過。泰之進冷不防一把抱住阿惠。他沒出聲，只是在阿惠耳畔說道：「我是新選組的人，名叫篠原泰之進。對付女人，就得用這種方式才能擄獲。」說得好像是在野外捕鳥一般。

阿惠不知道自己身體哪個部位被他制住，她想掙扎，身體卻不聽使喚。事後追問才明白，原來篠原是良移心頭流的柔術高手。

「別看我這樣，我可是真心的。妳到我的休息所來侍候我吧。」

後見役：監護人。

「……」

「我的休息所是在九條村一戶叫茂兵衛的人家。」

比起此事，更令阿惠感到不知所措的，是泰之進的動作，因為不知何時，他已把手伸進袖子裡。

「不願意嗎？」

阿惠心想，要是此刻說不，肯定會被殺害，所以死命點頭。

「這筆錢妳拿去打點。」

他將三枚金幣塞進阿惠懷裡。

「對了，忘了問。」泰之進難為情地問道：「妳叫什麼名字？」

「阿……阿惠。」

「這樣啊。」

兩人的初次邂逅就僅只這樣。阿惠還記得自己當時目送泰之進厚實的臂膀消失在走廊前方的黑暗中，腳下一軟，就此坐倒在地上。

根據新選組的內規，局長近藤勇以下、伍長以上的幹部，可在營外居住。其住處稱為「休息所」，大部分的幹部在休息所都備有女侍，也就是妾。

「老實說，我也很想有個妾。」

篠原泰之進在他與阿惠的初夜，像在道歉似地如此說道。他的年紀已老大不小，令人意外。

總之，阿惠認為他是個天真無邪的男人。當他第一次摟著阿惠那嬌小柔軟的身軀時，一再說道：「啊～女人真好。」並天真爛漫地高聲說：「我之所以上京都來，就是想抱抱京都的女人。像這樣和女人共享魚水之歡，就會捨不得死。」就在那一夜，阿惠心有所感，想全力侍候這個男人。當然了，她時常從泰之進身上聞到血腥味，或是發現衣服上沾有血漬，因而為之寒毛直豎。但每次看到他那天真無邪的臉龐，總很難相信他是幾乎每天都在京都四處殺人的新選組浪士。

不過，篠原泰之進並非單純只是個天真無邪的男人，而是京都人稱為壬生浪士的可怕人物。阿惠是在慶應二年三月底才明白此事。那起事件發生後，泰之進周遭的人們突然變得忙碌許多，最後甚至發展成讓新選組一分為二的大騷動，所以阿惠清楚記得那天的日期。

事發前的早上，泰之進回隊上報到，阿惠送他到柴門邊。泰之進一如平時，身穿黑皺綢的短外罩，腰間插著黑蠟鞘的長短刀，腳踩白色夾腳帶的雪駄★，顯得帥氣十足。他突然轉頭說道：「明天晚上吃豬肉。」

「我會派營區的小廝和助送肉來，妳先備好青蔥和酒。有四名客人會來，客人名叫

雪駄：像人字拖鞋的一種草鞋，底部用皮革做成，有止滑功用。

……」

伊東甲子太郎。

泰之進道。伊東的頭銜是新選組參謀，地位等同副長土方歲三，是備受尊重的人物。其餘三人分別是茨木司、富山彌兵衛、毛內有之助。

阿惠恭順地點頭應了聲「明白了」，送他離去。仔細一看，正值賞花時節的陰霾天空，朦朧浮現出東寺五重塔的身影。

二

後來得知，篠原泰之進當天於午後離開營區，帶著鈴木三樹三郎去清水賞花，回來的路上還繞往祇園一家常去光顧的茶店。

事件的開端，就發生在他回途帶著三樹三郎來到三條大橋旁時。那天是慶應二年三月三十日。

當時河原四處瀰漫著暮靄，在這京都難得一見的鮮明夕陽下，橋上來往的行人個個臉上都染上紅彩。泰之進已喝得醉醺醺，同行的鈴木三樹三郎更是爛醉如泥。鈴木是個喝酒不知節制的男人，他已喝得步履虛浮。

鈴木三樹三郎是新選組伍長。說起伍長，算是隊裡的下級幹部，在廝殺時，伍長擔任小隊的核心人物，所以都是挑選一流的高手擔任。

新選組自創立以來，每次有新人入隊，都會在近藤勇、土方歲三的見證下，接受嚴格的武術考試。依照成績來核准新人入隊，決定其階級，此乃慣例。但鈴木三樹三郎卻未接受考試，直接破例擔任伍長，只因他是參謀伊東甲子太郎的親弟弟。他的派別屬北辰一刀流，劍術卻還不如一般隊員。

伊東甲子太郎從以前便一直很擔心這個弟弟，所以向一同來自江戶的老友泰之進請託道：「請將三樹當做自己的弟弟，多多關照他。」

此刻三樹三郎正步履踉蹌地走在泰之進前方，離他四間◎遠。前方走來三名武士，像是西國的脫藩浪人，似乎也是賞花歸來，酒氣沖天。

三樹三郎搖搖晃晃地走著，靠向左方那名大漢，突然撞到對方的肩膀。

「無禮的傢伙。」

如此大聲喝斥的，竟是三樹三郎。他突然拔劍。就算是終日以打殺為業的新選

四間：約七公尺，一間約為一・八一八公尺。

組，此舉未免也過於無法無天。

橋上的行人全都不約而同地停步。三樹三郎在群眾的注目下變得情緒激昂，一面發出「嘿啊、嘿啊」的古怪吆喝聲，一面重心不穩地踏步向前。看他這副德行，不可能傷得了對手。

那三名浪人似乎個個也都不是等閒之輩。只見他們不發一語，拔出亮晃晃的白刃。當篠原泰之進往橋上使勁一蹬，朝前奔去時，那三名浪人正將三樹三郎包圍，舉劍擺出上段架勢。泰之進一開始原本打算居中調停，但當他介入時，已慢了一步，對方的劍尖正落向三樹三郎頭頂，他好不容易才將那一劍擋開。

他向後躍開，脫去雪駄，朗聲道：「在下是新選組的篠原泰之進。由我來向三位討教。」

對方一聽新選組的名號，臉色大變。他們似乎認為自己遇上難纏的對手，向後退卻了三、四步。泰之進曾經被稱為千葉門下的奇才，不過，比起練習的竹劍劍法，他在許多真刀對決的場面下歷經千錘百鍊，從中學會用劍訣竅，這才是他真正厲害之處。他了解在真刀廝殺的情況下，只要看準對手的膽怯，使出捨命相搏的劍法，定能獲勝。

他先看準那名大漢下手。在泰之進拔劍的瞬間，繞到他背後的男子已一劍砍向他背後，但他不予理會，跨步向前，猛然舉劍擺出上段架勢。那名大漢在這招的誘使下，將劍身舉至頭頂，前臂露出破綻。

泰之進的刀鋒迅捷如電地打向對手的右前臂。

「知道厲害了吧。」

「還沒完呢。」

男子以左手扶著劍。由於這劍砍得太淺，只微微傷及他右臂的皮肉。鮮血滴落橋上。

這時，泰之進展現了過人劍技。他再次一劍砍向對手同樣的傷口。對方骨頭應聲而斷，泰之進同時將劍身往上一挑，被斬斷的右臂就像活物般往上飛竄，抓向天空，不久後落在群眾當中。

「我們走。」

其中一名對手大喊。三人趕開圍觀的人群，落荒而逃，泰之進這才感到醉意散布全身。

「鈴木，我們走吧。」

「好。」

三樹三郎雖然很有精神地朝他點頭，但剛才廝殺的激昂情緒似乎仍未平復，泰之進看見他的拳頭仍微微顫抖。
走出數百公尺遠，來到寺町的誓願寺一帶，泰之進發現自己的右大腿濕了一片。
（難道是失禁？）
有人在決鬥時會管不住自己的糞尿。泰之進猜想或許自己便是，捲起褲子查看。是血。小腿肚一帶已染成一片鮮紅。
（糟糕。）
他動手找尋傷口，結果在長褲背後的腰板上方，手指足以陷入體內。雖然僅只一處，卻是深約一寸的刀傷。由於當時過於亢奮，所以沒感到疼痛，說來真不可思議。
「哎！」泰之進表情緊繃地說道：「看來，今天會是我的忌日。」
三樹三郎臉色發白，查看他的傷口。
「這傷看起來還不至於致命。」
「我指的是切腹。」
「不是傷在背後嗎？」
「你在胡說些什麼啊。」
泰之進不想再理會這個反應遲鈍的男人，他攔了一頂轎子，回到九條村阿惠身邊，請她叫外科大夫來。

「您這是怎麼了？」

「只是在祇園的石階處跌了一跤。」

泰之進刻意擺出滑稽的模樣。阿惠也信以為真，噗哧一笑。

阿惠旋即備好熱水和白棉布，不過，外科大夫在治療時，泰之進不准她走進房內。

待外科大夫離去後，阿惠打開拉門一看，嚇得魂飛天外。只見泰之進盤腿而坐，腰部倚著壁龕的柱子，正準備以短刀插進自己腹中。阿惠曾在戲中看人演過切腹的橋段，卻從未真正親眼見識。

「被妳看到啦。」

泰之進一臉羞慚。

阿惠什麼也沒說，緊緊抱住他，泰之進卻輕鬆地將她一把推開。

「妳在那裡閉上眼睛。這沒什麼，馬上就結束了。」

「什麼馬上結束？」

「這個。」

他指著肚子。

「為什麼要切腹？」

「這也是無可奈何的事。」

新選組有條可怕的隊規。

新選組之所以能打響史上最強殺戮集團的名號，一方面固然因為他們個個都是千挑百選的劍客，但更重要的是，他們有一套嚴峻猶勝秋霜的隊規。

近藤與土方深諳人性的怯懦。他們兩人以武家社會早已蕩然無存的傳說武士道來管束隊員，只要有隊員展現出絲毫不乾脆或是怯弱的行徑，便會處以斬首、暗殺、切腹的處分，毫不留情。自成立以來，被處死罪者不下二十人。

舉例來說，自古依照武家的規矩，只要主將戰死，士兵就算撤退也不會被問罪，然而，新選組卻有一條可怕的隊規。

——組長若是戰死，組員也必須當場戰死。

在激戰中，也嚴禁將夥伴的屍體拖向後方。

——在激烈爭鬥中，縱使陸續有人死傷，除了組長屍體外，皆不得拖離現場。

每一項都是連戰國武士風俗也不曾見過的規定。

而更可怕的隊規是：

——私下與人械鬥時，若未能擊斃對手，且唯獨自己受傷者，應立即切腹。

若不擊斃對手，只有死路一條，所以隊員個個愈來愈剽悍。篠原泰之進發現自己受傷時，之所以大感驚訝，就是因為這項隊規。對手已經逃逸，而且自己又傷在背後，死罪難逃。

「就是這麼回事。我只有切腹一途。更何況我還擔任監督隊員違紀的職務。唯有乾脆地自行切腹，才能交代。」

他自言自語般地說道。

阿惠表面上很恭順地點頭，其實心中另有盤算。此時阿惠的盤算，日後竟引發新選組最大的一場暗鬥事件，此事當然是她始料所未及。

「總之，您就安心地切腹吧。」

「嗯，不用妳說，我也會切腹。」

「可是，我從未聽老爺您提過自己的身世，您死後，我不知該將您的遺髮送往何處。不知夫人住在何方？」

「我才沒有妻子呢。」

篠原泰之進語帶不屑地說自己從未娶妻，接著簡短道出自己加入新選組前的經歷。

他出生於久留米藩江戶定府★的下級藩士家。由於父親早年失明，所以不能像其他人一樣兼差貼補家用，泰之進年少時代幾乎每天都吃粥，過著極為清苦的生活。大哥繼承家業後，開始兼差為和歌紙牌畫插圖，生活稍有改善，所以泰之進開始到神田玉

定府：江戶時代，在幕府任職的大名或其家臣，長住於江戶，不必回藩參勤者。

池的玄武館修習劍術，獲得高階劍術證書。此外，當時藩內有位擁有良移心頭流柔術認證書的高手，泰之進向他拜師學藝，後來青出於藍。

然而，下級藩士家的次男，縱使武藝再高強也無用武之地，若是繼續仰賴兄長過活，永遠也無法娶妻生子。所以泰之進老早便下定決心，要脫藩自立。

當時他有位同門師兄，在深川佐賀町開設北辰一刀流的道場，他是常陸志津久家的脫藩浪人——伊東甲子太郎。此人是個文武兼備的奇才，口才過人，與江戶府內主張攘夷論的人士過從甚密，在志士間小有名氣。別號「蛟龍」，想必是以此明志，表示自己目前雖潛藏深淵中，但日後必將青雲直上，翱翔天際。伊東之所以在深川佐賀町設立這座小型道場，也是別有用心，他想召集同志，壯大勢力，以便日後看準機會一展抱負。篠原泰之進常造訪這座道場，聽伊東講述攘夷的新思想。

元治元年六月五日，各藩的浪人在京都三條小橋一家名叫「池田屋惣兵衛」的旅館內聚會討論時，新選組自局長以下的所有隊員對他們展開襲擊，這起事件在整個江戶廣為流傳。而且事發後，幕府對新選組的威力大為讚賞，更進一步召募隊員，所以自局長近藤勇以下的所有隊員，近日會留在江戶府內召募浪人，這項傳聞自然也傳入泰之進耳中。

某日，泰之進造訪伊東的道場時，甲子太郎將他請入內房，對他說道：「你來得正好，有事想和你商量。」

伊東雖說是道場的主人，但也才剛三十出頭，泰之進還長他五歲，所以伊東待他總是相當客氣。

「我是個粗枝大葉的人。如果是複雜的事，我可不懂。」

「不，我想先聽您的答覆，再進一步做決定。請看這個。」

伊東取出一封書信。寄件者是新選組局長近藤勇，送信者是曾和伊東一起在千葉門下習劍的★副長助勤藤堂平助。信中內容是邀他入組。

「您怎麼看？」

伊東是有名的美男子，尤其眼神更是帥氣，不過，伊東這時微微抬眼望著泰之進，令他感覺有點邪惡。他心想，伊東原本不是★勤王論者嗎？

泰之進微微一笑，拋下書信說道：

「對我來說這太複雜難懂了。看你是要忠於自己的節義，為此殉節，還是屈節成為★佐幕派的手下。應該就這麼簡單吧。此事他人無法置喙。身為男人，你應該以性命做賭注，決定自己該走的路。」

在當時的風潮下，泰之進姑且也算是攘夷論者，但他對這類思想方面的問題總是漠不關心，所以稱不上佐幕派，也不算是尊王論者。他不看重思想，只希望能活得瀟

副長助勤：新選組內的職務名。地位僅次於局長、副長。在內務上負責輔佐局長和副長，在隊務上則是一隊的小隊長。

勤王：意同尊王。勤王攘夷派的理念與新選組相違背。

佐幕派：反對尊王攘夷推翻幕府，全力輔佐幕府的人士。

灑，像個男子漢。所以他看穿伊東的心思，心中暗忖「他可真不乾脆」。

伊東望著篠原的神情，苦笑道：「你的決定過於明快。像你這樣，沒辦法參與國事。」

伊東與泰之進不同，他喜歡思想方面的討論，而且對政治相當狂熱。只要有這樣的個性和野心，便無法像泰之進一樣單純地面對人生。

「坦白說，我想加入新選組，利用他們組織的力量，全力推動尊王攘夷。」

「這麼一來，你將成為另一個清川八郎。」

清川八郎於去年，文久三年四月十三日，在江戶赤羽橋附近，死在見迴組★佐佐木只三郎等人的劍下，是一名想法古怪複雜的策士。

他原本提倡建立以京都為核心的新政權，才是攘夷之道，但在實際行動上，卻向幕府閣員獻策，要他們設置「新徵組」（新選組前身），以打壓各藩流入京都聚集的脫藩浪人。其實他是打算等新徵組一成立，便暗中將它轉交給京都革新公卿方面的走狗。

「伊東兄，你不能走清川的老路。使這種小手段，不可能取得天下。」

泰之進如此訓戒這名和清川同樣是才子的伊東。

「不，我不會重蹈清川的覆轍。我打算一面忠誠地執行隊務，一面拿出耐性，慢慢改變近藤和土方的想法。」

見迴組：幕末時，江戶幕府在治安紊亂的京都市內設置的警衛部隊，和新撰組一起取締攘夷討幕派。

「如果你有這份自信，那就加入新選組吧。」

「不過，這項工作需要您這種英勇之士的幫忙。不瞞您說，如果您不加入新選組的話，我會取消這個計畫。」

「哦～」

「在此波詭雲譎的時期，要我乖乖待在江戶的角落開設道場，實在無法忍受。可是，想一展抱負，憑我區區一名浪人，卻又力有未逮。如今雖非出於本意，但只要有新選組這樣的背景，我便能成就大事。篠原兄，不知您意下如何？」

「我嘛……」

篠原早已拘定主意。之所以窩在江戶，實在是出於無奈，若能仗著自己這一身劍術與柔術，過著像武人的生活，那是求之不得的事。

「那我就和你一起上京都吧。不過，剛才你提的那種手段，不合我的個性，恕我無法配合。我只是想賺取俸祿而已。」

「很像你的作風。」

伊東撫掌大樂。

他立即召集同志。

可稱之為新選組伊東派，值得在新選組史上記上一筆的這個組織，於元治元年晚秋自江戶出發。該組織除了伊東、篠原外，還有伊東的親弟弟鈴木三樹三郎、加納道之助、中西昇、佐野七五三之介、服部武雄、內海二郎，一共八人。個個都是劍術精湛的劍客，但不過數年，泰半都魂歸九泉。

伊東並未馬上前往新選組的壬生本陣報到，而是和同志投宿市內的旅館，然後自己單獨前往會見近藤和土方，交涉他們八人的待遇。

也許是伊東的交涉奏效，這次近藤勇進江戶新召募的隊員達四十多人，其中伊東派這八人直接跳過資深隊員，受到重用。

首先是伊東甲子太郎，他擔任「參謀」，與副長土方歲三地位相當，身兼隊上的「文學總教頭」。篠原泰之進則是擔任「諸士調查役監督」，並身兼隊上的柔術總教頭。而鈴木、加納、中西也分別擔任伍長，一般隊員只有佐野七五三之介、服部武雄、內海二郎三人。

——之後，篠原泰之進自蛤御門之變★起，便陸續四處效力，驍勇的名聲響遍隊內，特別是慶應元年七月，他奉隊上之命搜索潛伏於大和奈良的不法浪人時，表現更是驚人。

這起奈良事件，派出伊東甲子太郎等五人擔任搜索隊，但那一晚只有泰之進與一般隊員久米部正親兩人出外巡邏。他們帶一名中間★隨行，由他提著寫有「新選組」隊

蛤御門之變：元治元年，長州藩出兵京都，最後與會津、薩摩等藩兵在蛤御門附近交戰落敗的事件。

中間：江戶幕府的職名。負責江戶城內的警衛工作及其他雜役。

名的燈籠，搜查市內各家旅館。不久，他們來到煙花巷。

才一走到十字路口，路口的座燈馬上熄滅。稍後他們才察覺，原來有五名浪人拔劍潛伏在路口座燈前後，一見襲擊的訊號，便立刻熄去燈火。

正當他們感到事有蹊蹺時，旋即出現飛撲而來的巨大人影。一時之間，泰之進全身為之一僵，心中暗叫「吾命休矣」。

但所謂武藝，若身體不能在無意識下自行做出反應，便算學藝不精。當時泰之進似乎在無意識中側身躲過，當他回過神來，已使勁一腳掃向對手，將對方打落水溝。

「什麼人！」

他脫去夏季的羅紗短外罩。

但敵人不只一人。

不知不覺間，已有三人包圍久米部正親，不發一語地展開激戰。泰之進面前站著一名身穿便裝的瘦長男子，似乎是敵方首領，一把沒有彎弧的大刀高舉過頂，正步步向他逼近。

「報上名來。我乃京都守護職會津中將大人麾下的新選組隊員，你們可知道？」

泰之進心裡明白，通常只要此話一出，對方十之八九會抱頭鼠竄。這次卻出乎他意料，對手始終沉默不語。

「我不會斬殺你們。只要報上姓名和所屬藩國即可。」

事實上，泰之進並未拔劍。他之所以不像其他隊員那樣胡亂殺人，一來是受支持勤王的伊東甲子太郎影響，二來是他的個性使然。他原本就個性善良。

對手虎躍而來，以此代替回答。

「——！」

對方發出一聲淒厲呼喝，迎面一劍砍下。泰之進躲過這一劍，巧妙地一把抓住對方右手腕。他俐落地折斷對方小指，接著抬起對方的腰身，讓他倒栽蔥落地，並迅速一腳踢開對手落地的大刀。當他進一步拔出對方短刀，丟向遠處時，對方四肢刨抓著地面，想要逃跑。

「想逃？」

對方終於起身逃跑。

「東西忘了拿。」

泰之進拾起對方的長刀和短刀，朝黑暗的前方丟去，立即轉身奔向身後的久米部。包圍他的三人也已逃走。

這起事件在隊內頗獲好評，唯獨副長土方歲三對此感到不悅。

「你身為監督，這樣的表現不足以做為隊員的表率。如果你當自己是在做空手奪白刃的練習比賽，那我們可就頭疼了。為何不一刀解決敵人？」

「您的意思是要我切腹嗎？」

泰之進這番話的用意，是要嘲諷近藤與土方動不動就要人切腹的方針。而另一方面，他在隊內的戰功如此受人推崇，所以他有自信，就連土方也無法定他死罪。

「篠原，這件事可不是開玩笑的。」

「不，我猜副長也許會直接命我切腹，內心深感惶恐。」

「關於切腹的事，就看你自己的表現而定吧。」意思是，倘若下次再處理不當，便會下令切腹。

「看我自己的表現？」

「沒錯。意思是下次你若是再處理不當，就會請你自我了斷。」

「感謝厚恩。請問我這顆項上人頭是暫時由誰保管呢？」

「你就當是近藤師傅吧。師傅對你這次的處置方式也不太高興呢。」

——因為有這層緣故，此次的三條大橋事件，泰之進已有所覺悟，自認難逃切腹的命運。

「我明白了。」阿惠頷首道：「可是，如果您要切腹，大可不必急於一時，不妨喝杯酒，向人世道別後，再從容地往赴九泉，您意下如何？」

「喝酒是吧，有道理。」

泰之進誇讚這是個好主意。只要使出這招，這名嗜酒如命的男人一定無法抗拒。

泰之進開始喝起了酒，以阿惠準備的味噌和小魚乾當下酒菜，並頻頻向她勸酒：

「今晚就當是在我靈前守夜吧。妳也多喝一點，唱首歌來聽。」途中因為喝酒的緣故，剛治療過的傷口再度破裂，鮮血染濕了白棉布，但他始終未曾擱下酒杯，最後終於在天亮之際，因疼痛和酒醉而昏厥。

泰之進再度醒來時，已是黃昏時分。庭前種有十棵左右的老松，長在老松之間的櫻樹，枝椏間的櫻花已悄悄盛開。落日餘暉從松樹間的縫隙灑落，在夕陽光束的照耀下，櫻花不斷飄落，宛如西方極樂的景致，美不勝收。

「阿惠——」

泰之進放聲叫喚，茫然地坐在外廊上。他感受到人類的真實無偽。昨天明明還情緒激昂，想立即切腹自盡，但一夜過去，激情冷卻後，自己就像換了個人似地，因截然不同的事物而感動。

「我好像又重回這世界了。」

阿惠輕吻他的手背，輕聲淺笑，眼中泛著淚光。

「西方極樂隨時都能去。我暫時不會再切腹了。」

一切全在阿惠的意料之中，但她只是默默微笑。那是刻意掩飾表情的笑臉，但看在泰之進眼中，卻像散落庭院的櫻花般美豔不可方物。

「對了。」泰之進突然想起：「我忘了豬肉的事。我今天說好晚上要請伊東先生他們吃豬肉味噌湯。妳快請一個村民到隊裡去告訴他們一聲，說我染了風寒。哎呀，重獲新生後，耳朵馬上又癢了。」

「又要洗耳朵了嗎？」

「妳就別再嘮叨了。要是我死了，連耳朵都洗不成。」

泰之進繞往井邊，使勁地沖洗耳朵，他在清洗時，暗自拘定主意，決定瞞著隊內，不讓人知道他受傷的事。

——有趣的是，篠原泰之進明顯對新選組抱持反叛之心，是他隱瞞傷勢之後的事。之前他聽伊東甲子太郎站在尊王論的立場批評新選組，並不會感到開心，甚至還在心中暗忖：

——既然加入了新選組，就該乾脆一點，好好服膺隊風，這樣才像個男子漢。

但現在他已改變心意。為何會有此等心境轉變，他自己也說不出個道理，但可能是隱瞞傷勢這種陰沉的做法，令泰之進這名個性開朗的男人無法接受。內心無法接受，因而老羞成怒，他的憤怒正好找到宣洩的對象，那就是新選組主流派。

新選組主流派，是原屬於近藤道場的土方歲三、沖田総司等人。話說回來，泰之進打從入隊那時起，就看土方歲三不順眼。隊內討厭土方陰險個性的人原本就不少，但他們全都很景仰近藤，所以才得以保有隊內的團結。但泰之進不知為何，對近藤也沒好感。

眼尖的伊東甲子太郎，打從前來泰之進家中吃豬肉味噌湯那晚，便已察覺有異。

「看來，你最近終於認同我說的話了。」

伊東如此說道，但他並未發現泰之進背後有傷。這當然也是因為泰之進對鈴木三樹三郎下了封口令，但就算伊東甲子太郎知道他受傷的事，諒必也不會察覺此事就是令泰之進心境改變的主因。

三

這陣子以來，參謀伊東甲子太郎在隊內頗孚人望。

近藤只要聽聞隊員違紀，二話不說，馬上下令「斬首」。近藤和土方這種藉由恐懼統率隊員的手法，自創立以來，成功駕馭了由諸藩浪人組成的新選組。但自從伊東甲子太郎入隊後，每當近藤下令斬首，他總會在一旁安撫道：「有話好說。」

因此，在伊東的說情下撿回一命的隊員不在少數，景仰他的人愈來愈多。這也可說是伊東的個性使然，但其中一項因素，是他刻意對隊員施以溫情，長期在隊內扶植勢力。

土方歲三打從一開始便覺得伊東的態度可疑，緊盯著他不放。特別是慶應二年後，伊東的言行變得更加露骨，還以「前往遊說」的名義，提出出差申請，擱下隊務，就此到廣島、名古屋、九州等地旅行，與各地支持勤王的人士聚會，行徑愈來愈明顯。特別是在廣島，他與長州派的人物交好，在京都則是暗中與位於今出川的薩摩藩邸互通訊息，與中村半次郎（日後的桐野利秋）等人過從甚密。這些傳聞都已是公開的秘密。

「他會是另一個清川。早晚有一天，他會在隊內另組黨派，高舉叛旗。」

土方向近藤如此說道。伊東的容貌、白淨的膚色、帥氣的眼神，都和清川有幾分神似。近藤也早已察覺。

「我會徹底調查。如果可以，在事發前暗殺他也是個辦法。」

「聽您這麼說，我就放心多了。因為伊東和我位階相當，我擔心自己會被當做誣告者，所以之前遲遲不敢向您稟告。」

「我們之間毋須顧忌。」

近藤露出只在土方面前才有的表情，點了點頭。

近藤的態度，伊東也隱約有所察覺。

他自然也是絲毫不敢大意，他向近藤的一位親信，同時也與他交誼深厚的藤堂平助坦言一切，查探近藤等人的動向。倘若近藤有意殺他，伊東打算搶先一步斬殺近藤。

之前伊東遲遲不離開新選組，只因時機未到。

他最後之所以下定決心脫隊，據說是因為一路從江戶跟隨他而來的盟友篠原泰之進也贊成離開。有策士特質的伊東，要展開新的行動，身邊就需要有篠原這種豪放個性的男人才行。

那天是慶應二年二月二十五日◎。泰之進發現伊東近來明顯一副若有所思的神色，便假藉共享豬肉味噌湯之名，邀伊東到他位於九條村的休息所一聚。酒喝到一半，他突然開口問道：

「伊東兄，你此刻在想什麼？」

伊東略顯狼狽。其實，他已在薩摩藩中村半次郎的建議下，暗中推行一項計畫，

◎此處與前文日期有所出入，疑為作者筆誤。

欲組成一支勤王色彩濃厚的全新浪人組織，名為「御陵衛士」。當然了，他們對外並未說是薩摩藩所策劃，而是打算以一位沒有政治色彩的人掛名，居中斡旋，此人就是五條大橋旁的戒覺院住持「湛然」老和尚。其實他們都已談好，日後連隊裡的經費也由薩摩藩京都藩邸的運貨官負責打點。此事固然好，但如何從鐵紀如山的新選組脫隊，令伊東傷透腦筋。

不得已，伊東只好道出藏在心中的秘密，泰之進聞言後笑道：

「我就猜到是這件事。土方似乎已察覺了什麼。只要被那個人盯上，任何秘密都守不了多久，所以你得先發制人，向近藤和土方坦言此事，正大光明地離開新選組，你認為呢？」

「原來如此，的確很像你的作風。這叫沒有辦法的辦法吧。」

「我是不懂啦，不過，與其使那些小手段，不如公然表明此事，這樣他們反而不好下手。」

「我明白了。不過篠原，你有何打算？你願意加入我們嗎？」

「那當然。」

泰之進一口答應。伊東聞言，喜形於色，就此丟下手中的筷子。

「真是太感謝了。之前一直猜不出你的心思，現在我終於可以下定決心。這麼一來，我也能參與這項回天大業了。感激不盡。」

「這沒什麼好謝的。」

泰之進難為情地笑著。伊東離去後，泰之進朗聲叫喚道：

「阿惠、阿惠。看來，我終於能夠光明正大地袒裎見人了。」

這才是泰之進的真心話。就某個層面來說，伊東的脫隊事件，泰之進的背傷發揮了不小的影響力。

四

近來出現一項傳言，說新選組自局長以下的每位隊員都將被拔擢為幕臣。事實上，就在幾個月後的慶應三年六月，延攬他們為幕臣的命令正式下達了。伊東打算以此做為脫隊的藉口，和篠原泰之進一起前往近藤位於七條醒井的妾宅，拜訪近藤與土方。

伊東很乾脆地表明御陵衛士一事，口若懸河地說道：

「我們不希望成為幕臣，身分就此受到拘束。因此，我想另組浪士隊，這並非脫隊，而是分離。您也可以看做是新選組的另一種發展。這支新的隊伍會與薩摩、長州密切往來，但我打算打聽他們的機密，以幫助母隊新選組進行活動。」

這當然是伊東的狡辯。近藤似乎早已得知此事，不見他有任何驚訝之色。至於土方則是勃然色變，眼看就要與伊東槓上，近藤安撫他的情緒後，突然轉身面向泰之進。

「你有何意見？」

「坦白說，在下已厭倦刀光劍影的生活。如此而已。」

「我明白了。那我就愉悅地送你們離開吧。」

近藤似乎已有腹案，同意了伊東的請求，並不多言。

脫離新選組的御陵衛士十五人，於慶應三年三月十日，奉傳奏★之命，正式取得此稱號，並移往五條大橋東側的長圓寺。該年六月八日，他們以高台寺月真院為大本營，高掛「禁裡御陵衛士營區」的門牌，並獲得朝廷奏准，掛起印有菊與桐之紋章★的幔布。

伊東具有經營的長才，由於他四處奔走張羅經費，隊費相當充裕，根據伊東的手

傳奏：朝廷官名，負責將親王、武家等奏請報呈天皇。

菊與桐之紋章：代表日本皇室的紋章。

札記載，隊員的伙食費一天多達八百文。在那個時代，到東海道五十三次旅行，就算每天都投宿旅館，平均一天花費頂多二百文便已綽綽有餘，所以他們光伙食費便高達八百文，可說是極為奢侈。

這段時間，新選組一直靜觀其變，靜得駭人。

「篠原兄，近藤好像完全能理解我們這種做法。」伊東說。

他是名才子，所以對自己的說服力充滿自信，但有時這樣反而讓自己的看法變得淺薄。

「佐野在信中也這麼提到。近藤最近似乎心情頗佳，還向隊員們說，有機會可以到月真院找我們玩。」

佐野指的是佐野七五三之介，伊東在脫隊時，為了預防萬一，特地將自己的心腹佐野、茨木司、中村五郎、富永十郎四人留在新選組，好打探組內的情報。

「這個嘛，難說哦。」

泰之進心中存疑。他早已看出，新選組在肅清隊內異己時，會採用武士想像不到的奸計。就泰之進來看，這是因為近藤與土方原本就不是武家出身的緣故。兩人都是武州的農民之子。

如同泰之進所見，近藤與土方此時正在研擬周詳的對策。

「總之，得加以殲滅。不過白天要大舉殺進敵營，會有阻礙。我們得暗中進行，而且必須全部斬殺。土方，你有何看法，說來聽吧。」

「首先，得解決他們留在隊上的四名手下。還有，若是在新選組營內殺了他們，事跡將會外洩。一旦傳入月真院那班人耳中，他們便會小心提防。所以得在其他地方動手才行。」

「那就由你全權處理吧。我看你的表現。」

過沒幾天，土方歲三找來佐野七五三之介等四人，對他們說：「我們急需用錢。我已派人前往黑谷的會津藩邸告知錢的用處，你們只要前往將那筆錢領回即可。金額為兩千兩。」

這招甚為高明。新選組的隊費由會津藩邸負責籌措，所以前往領錢是常有的事。

「土方師傅也會去嗎？」

「我也會去。」

這樣就沒什麼好懷疑了。

這四名伊東派的秘密分子，前往位於黑谷的會津藩邸領取了金幣。之後藩邸還以酒席款待。觥籌交錯間，紅輪西墜，夜幕降臨。

「竟然待了這麼久。」

由於會津方面的招待員巧妙地在酒席間勸酒，這四人皆醉得邁不開步。慘劇就在這時發生。

奇妙的是，此刻人在東山高台寺月真院喝酒的篠原泰之進，耳畔似乎聽見那淒厲的慘叫。

「我好像聽到奇怪的叫喊聲。」

「是你想太多了吧。」

伊東並未加以理睬。

當那四人在飲酒時，有十名手持長槍的新選組隊員，躡腳潛入位於黑谷的會津藩邸內。指揮者是大石鍬次郎。此人綽號「斬人鍬次郎」，不論劍術還是才幹都無過人之處，但就像個殺人狂，以斬人為樂。近藤在暗殺隊員時，一定會派他上場。

當時與那四人一同在酒席間的土方歲三，被會津松平家的家臣喚去。

「請您移駕鄰房一趟。」

「明白了。」

土方舉止自然地站起身。鄰房是使者待的房間。土方離開後，那十名隊員以此做為訊號，一同架著長槍闖進房內，那正欲匆忙起身的四人，來不及哼一聲便被刺成了肉串。

據說鍬次郎那傢伙一再拔出長槍刺向斷氣的屍體，連土方也看不下去，出聲喝斥道：「住手！」

鍬次郎沒辦法，只好一腳踢向佐野七五三之介的臉，以一解他對折磨屍體的渴望。據說當時佐野突然拔出短刀，緩緩一刀斬落，對大石從臉到腳劃下淺淺一道刀痕後，就此倒地，恢復為冰冷的屍體。可能是他被踢了一腳，就此恢復意識，運起渾身之力，展現他對鍬次郎的恨意。

說個題外話，後來在官軍東征時，新選組在甲州勝沼戰敗，最後分散各地，當時大石鍬次郎曾前往官軍屯駐於武州板橋的大本營。他扮成農民的模樣，謊稱自己名叫鍬吉，向官軍問道：「請問加納道之助大人在嗎？」

和伊東、篠原一起加入御陵衛士的加納道之助，之後被編入薩摩軍，擔任軍官。一見鍬次郎露面，加納便認出眼前這名農民正是昔日的斬人鍬次郎，對此感到驚訝。但更令他驚訝的是，鍬次郎竟然還好意思要求加納安排他加入官軍。

「大石，你這樣還算是人嗎？」加納滿懷恨意地說道：「難道你忘了佐野在黑谷會津藩邸的恨意嗎？如果你忘了，我就讓你重新想起吧。」

鍬次郎在一陣毒打拷問後，遭到斬首。

且說——

會津藩邸之變，在新選組隊內同樣也是秘密進行，所以人在東山月真院的伊東和篠原等人無從得知。

數天後，新選組局長近藤勇寄邀請函給伊東甲子太郎，時間是慶應三年十一月中旬。

「久未聽您侃侃而談，甚為想念。希望能再聽您發表高見。」

邀請函由近藤的隨從治助送來。伊東當然是打算答應近藤的邀請，就此提筆回信。

「勸你最好別去。」

泰之進加以勸阻，但伊東認為近藤從以前就很崇拜他的學識和見識，對此頗具自信。

「為什麼？他不是很誠懇嗎？」

「伊東兄，你似乎認為近藤是位君子。難道你忘了，他原本是農民出身，天生便沒半點武士節義。」

「正因為他原本是農民出身，所以更會想傾聽天下大事，增進自己的見聞。」

「既然如此，我希望你能帶人隨行，充當護衛。」

「我隻身前往即可。我可是伊東甲子太郎啊。」

伊東是千葉門下聞名遐邇的劍客，但這反而替他招來不幸。因為他不僅對自己的學問有自信，對劍術更是自負。

近藤邀宴的場所，是他位於七條醒井興正寺旁的妾宅。雖說是妾宅，規模卻直逼大藩★家老的別院。

近藤的小妾名為孝子。近藤有多名小妾，其中以曾在大坂新町花街為妓的深雪太夫最為美豔。但她紅顏薄命，後來近藤改納她妹妹為妾，讓她住在這棟別院，她便是孝子。她也曾經是大坂新町的煙花女子，所以酒席間的應對周到，伊東一時多喝了幾杯。

離去時，已過亥時（晚上十點）。伊東離開後，近藤立即將土方喚至跟前問道：

「準備妥當了嗎？」土方默默頷首。

伊東為了醒酒，不坐轎子，左手提著印有菊桐紋章的燈籠，右手垂放，信步而行。

那是個凍人肌骨的寒夜，正好是農曆十六，明月高掛夜空，東山的輪廓清楚浮現在伊東眼前。

伊東欲往東走過木津屋橋時，低聲哼唱起謠曲。他唱的是〈竹生島〉。走過木津屋橋後，左側是一片草原。

家老：江戶時代藩內主導政務的大臣。

右側前一陣子因遭遇祝融之災，到處都架起施工的木板圍牆。伊東仍帶著醉意。

就在他腳下踉蹌，倒向木板圍牆時，突然從木板縫隙間刺出一把長約五公尺的長槍。

伊東吟唱謠曲的聲音就此戛然而止。燈籠落地，起火燃燒。

長槍貫穿伊東右肩，直刺咽喉，伊東靜靜佇立不動，一副被長槍架起的模樣。被一槍刺中，伊東這才酒醒。他不慌不忙地轉動眼珠，確認有幾名敵人。

他緩緩手按劍柄。這時，大石鍬次郎朝他逼近，勝藏也從一旁竄出，此人昔日是伊東的馬夫，如今已被拔擢為隊員。

「大石兄，這裡讓給我來處理。我想立功。」

勝藏撂下這句話後，舉劍斬向昔日舊主伊東的肩頭。傳來骨頭的碎裂聲。但伊東仍未倒地。就在這一瞬間，伊東才使出北辰一刀流高手應有的俐落身手。只見他佇立不動，右手微微劃出一道閃光。勝藏大叫一聲，臉部就此一分為二。

同一時間，伊東也面無表情地癱軟倒地。他語意不明地低吼一聲，但是當鍬次郎等人靠近時，他已斷氣。土方出現在這班人後方，伸指戳著鍬次郎的背後，以冰冷的聲音道：「他死了嗎？」

「死了。」

「好吧。以他的屍體當誘餌。將他拖到七條的油小路十字路口去。」

鍬次郎為了謹慎起見，斬去屍體的左腳。伊東沒再動彈。就這樣，伊東的屍體被人拉著腦後的頭髮拖行。不久，他們遵照土方的指揮，把屍體棄置在油小路的十字路口。由於天寒地凍，屍體身上的仙台平裙褲因鮮血而凍結，變得像木板一樣硬。屍體看起來極度扁平，上頭高掛著一輪圓月。

據說當時出現在十字路口附近的新選組隊員，逾四十人之多。他們並非為了暗殺伊東而動員，而是為了執行下一場任務，集結此地準備戰鬥。這是自池田屋事變以來，新選組空前的總動員，人人身上都穿上鎖子甲，有人甚至還戴上頭盔。

不久，他們在各隊長的指揮下，向四方散開。藏身在附近人家的屋簷下、土間、二樓等處，嚴陣以待，埋伏等候趕來領回屍體的御陵衛士們。

就在人影消失後的半個時辰★，官差發現屍體，認出他是伊東甲子太郎後，急忙向位在東山月真院的御陵衛士大本營通報。

當時營內正好只有篠原泰之進等七人留守。

「怎麼辦？」伊東的親弟弟鈴木三樹三郎問：「對方我們也認識，不妨以禮相待，看他們願不願意通融。」

「鈴木，那只是白費力氣。眼下只有持劍硬闖了。」

半個時辰：為一小時。

說這句話的，是當時號稱實力猶在新選組沖田総司之上的北辰一刀流高手——服部武雄。

「可是，我方只有七個人啊。」

「七個人就不算少了。比起帶回伊東先生的遺體，更重要的是前去獻上我們的屍體。一旦七具屍體排成一列，這場戰事就結束了。」

服部立刻衝進屋內，扛來裝有武具的櫃子。

「這是幹嘛？」

倚在壁龕柱子旁的泰之進，這才開口問道。

「做戰鬥的準備。」

「免了吧。根據官差所述，對方多達四、五十人。我們七個人去，終究只是送死。若是穿著武具戰死路旁，日後反而會惹人訕笑，說我們貪生怕死。既然橫豎是死，不戴任何武具前去還比較好看。」

「好吧。」

眾人解下刀鞘的繫繩，短外罩底下綁著束衣帶，這可說是唯一的裝備。少頃，他們備好一頂搬運伊東遺體用的空轎，順著高台寺的坡道而下。明月益發顯得清亮，有這樣的月光，就算敵人站在前方九尺遠◎，應該也能看清楚長相。

◎九尺：約二百七十公分。

「今晚砍人一定很過癮。」

加納道之助因寒冷和緊張而牙齒打顫，如此說道。藤堂平助也頷首應道：

「我從新選組當初成立時就在隊上了，但以區區七人迎戰四十人，當真是從未有過的事。」

泰之進默默踩著月光而行。他心想，所謂的才子，還真是教人沒轍啊。他萬萬沒想到，伊東死後還給他添這麼大的麻煩。泰之進一面走，一面回想伊東那才華洋溢的臉龐，突然心裡覺得好笑。

走進油小路。

接著來到關鍵的十字路口，伊東甲子太郎的屍體果然被棄置此處。

「放進轎裡吧。」

正當泰之進如此下令時，四面八方突然響起成群的腳步聲。

「別管屍體了。動手！」

話聲未歇，泰之進已使出一記左袈裟斬★斬殺來敵。

他們已被團團包圍。

泰之進旋即下達指令，命服部武雄、毛內有之助對付正面的敵人，他自己和富山彌兵衛應付東面的敵人，鈴木三樹三郎、加納道之助、藤堂平助則是迎戰西面的敵

左袈裟斬：指從左上往右下斜砍的刀法。

人，但這也僅只是一會兒間的事，他們旋即在戰亂中一一潰散，再也無法戰鬥。

藤堂平助四面受敵，身受十多處重傷，滑落東側的水溝中，在他仰身倒臥時，被群集的敵人連砍數刀。

接著是服部武雄的奮戰，他可能是在幕末的劍鬥事件中最英勇的人物。他始終背靠著民宅的屋柱，手持三尺五寸◎的長劍，腰間插著騎馬用的燈籠照亮腳下，不斷斬殺朝他襲來的敵人。最後，他因為負傷以及腳下累積的屍體，無法行動自如，就在他想移往路上時，被原田左之助一槍斃命。他的屍體被擱置在原地達五日之久。事發的翌晨，千本通西周學塾一位名叫小山正式的人恰巧路過，目睹他的死狀，將當時的情形流傳後世。據說服部身受二十多處傷，但表情依然平靜。

毛內有之助原本是津輕弘前藩的脫藩武士，擅長各種武藝，在新選組內擁有「毛內百人藝」的綽號。但這天他在敵人的亂刀下，佩劍斷折，想拔出短刀應戰時，前臂整個被斬斷，最後只好空手應戰，但過沒多久，便被砍得血肉模糊，認不出原本的面目。

昭和初年，東京日日新聞社曾為了一個名為「戊辰物語」的連載企劃而前往採訪取材，得知在事件發生當時，有家位於油小路十字路口販售麻繩的店家，當晚他們拉下大門，全家人上二樓偷偷觀看這場激戰。當時的目擊經過流傳許久，據傳聞所述，

◎一寸：約三公分。

翌晨人們到路上一看，地上莫名其妙滿是散落的斷指。

篠原泰之進逃過一劫。

他和加納、鈴木、富山一同殺出一條血路，往西奔逃，之後一同投靠薩摩藩邸，於官軍東征時從軍。

慶應四年，四處吃敗仗的近藤勇，於下総流山隱姓埋名，改稱大久保大和，催馬來到官軍大本營時，被之前擄獲大石鍬次郎的加納道之助一眼認出，就此被捕。油小路決鬥的那一夜，新選組以勝利收場，但隔年卻被對手復仇成功。

泰之進於明治維新後，擔任彈正台★的少巡察，之後退隱。加納道之助也昇任北海道開拓使一職，他非常長命，活到明治四十一、二年才過世。

泰之進死於中耳炎，愛清洗耳朵的癖好要了他的命。但可以確定的是，他最後算是安然地死在榻榻米上。

彈正台：明治二年在太政官制下設立的警察機關。

暗殺芹澤鴨

一

當時年方二十八的土方歲三，在那之前不過只是武州多摩郡石田村一戶農家的三男，他和師傅天然理心流近藤周助（周齋）的養子近藤勇，同門的沖田総司、山南敬助、井上源三郎，以及其他流派的朋友永倉新八、藤堂平助、原田左之助，同時報名參加幕府招聘的浪人組織，是文久二年歲末的事。

同時報名的隊員，彼此於隔年的文久三年二月四日第一次見面。

隊員的聚會於小石川傳通院內的處靜院舉辦。歲三在那裡初次與那名男子照面。

——他對那名男子的特殊情感，也可說是從那天開始。

當時幕府親自召募的浪人有二百三十四人。

隊名在籌劃人清川八郎的提案下，命名為「浪士隊」，之後改稱「新徵組」。工作是保護人在京都的將軍，但依據傳聞，他們真正的工作，其實是以刀槍追捕當時在京都四處猖獗、高喊尊王攘夷的浪人。也有人傳言，隊員會依照戰功而被拔擢為旗本★，

旗本：直屬大將的武士。

所以江戶府內知名的劍客、熱血之士，全部齊聚一堂，但其中也摻雜了一些素行不良的壞分子，例如有案在身的賭徒及其保鑣等等。

處靜院的初次會面，是個天寒地凍的日子，會面所在是約莫一百張榻榻米大的方形廂房。幕府指派浪人奉行鵜殿鳩翁以及浪人取締役山岡鐵太郎出席。

這場聚會由山岡的朋友——羽州浪人清川八郎——負責，至於聚會的進行、協調，則由聽命於清川的彥根浪人石坂周造、芸州浪人池田德太郎兩人負責。

不久，鵜殿向眾人致訓辭。結束後，公平地發給每個人合約金，並供應午餐，餐盒裡還附酒。

清川八郎這時才繞至末座，簡短地說了一句「請各位慢慢聊」，便又回到上座。接著，石坂、池田兩人繞往席間招呼道：「大家多半都是第一次見面。希望能趁這次機會卸下彼此心防，敞開心胸結為好友。」

浪人盡皆沉默。

又不是小孩。

聽完訓辭，收了錢，喝了酒，馬上便和坐在一旁的陌生夥伴握手拍肩，這是不可能的事。

當中自然也有人是講好一同入隊的舊識，他們各自形成小團體，熟絡地交談著。

浪人集團的派系，可說就是從這時候開始。不久，近藤站起身，指著廂房東邊的角落道：「喂，我們去那裡吧。」其他七人跟在他身後。他們在昏暗的角落裡吃起餐盒，幾乎沒人喝酒。為首的近藤生性寡言，所以他們也不多話，再加上他們在江戶市內可說是沒沒無聞，因而也沒其他人同他們搭話。這占據東邊角落，由少言寡語的八人組成的集團，之後竟一路壯大，成為日後的新選組，想必是在場眾人始料所未及。

——不過，也有另一個朝氣蓬勃的集團。

他們是五、六人組成的集團，將酒菜端至外廊，旁若無人地朗聲喧譁嘻笑。這群人是以一名身材肥胖、長著一雙大眼的男子為首。當中聽來最怪異的聲音，就是他們首領的笑聲。他發出撕裂般的尖銳笑聲，聽起來就像一面笑，一面恫嚇周遭的人，而且眼睛不帶半點笑意。他的眼睛像動物般靜靜觀察周遭，而他頻頻舉杯的模樣，也顯示出此人的古怪。

「那個人是何方神聖啊？」

近藤悄聲向一旁的沖田総司詢問。沖田盡得天然理心流真傳，本領更在近藤、土方之上，不過他年紀尚輕，是個很奇特的青年，不論何時都一副孩童般的開朗樣貌，這時候也一樣。在近藤的詢問下，他笑嘻嘻地應道：「何方神聖是吧？我猜一定是水戶★藩的人。」

水戶藩：德川御三家之一。

「為什麼你知道？」

「因為他的鄉音很重啊。感覺口水都快飛到我這邊來了。」

歲三沉默了一會兒後，向一旁的近藤勇詢問同樣的事。近藤似乎也同樣想著此事。不過，他因「水戶」一詞而掌握了頭緒。

「他可能是芹澤鴨吧。」

「就是他嗎？」

歲三重新審視那名男子。

若真是如此，那他可是一位名氣響亮的劍客。此人乃神道無念流的高手，在昔日聚集於常州潮來館的水戶狂熱攘夷分子之間頗有名氣。人們稱他們的集團為「天狗黨」，芹澤鴨是當中的倖存者。聽說他殺人猶如切瓜，歲三對他的名聲也略有所聞。

「他就是芹澤鴨？」

「可能是吧。不過土方……」近藤輕拉土方的袖子。「你最好別看他。」

土方默默頷首，低頭望向餐盒。

「這尾烤魚有個怪味道。」

說話的人是原田左之助。他是盛產鮮魚的伊予松山藩的脫藩武士，想必仍懷有鄉愁。

二

新徵組的這二百三十四名隊員，從板橋客棧朝京都出發，是四天後的事，亦即文久三年二月八日。

組內編制由第一到第七共分成七隊，各隊選出隊長，以伍長稱呼。由山岡和清川負責挑選。從第一隊隊長根岸友山起，個個都是江戶府內威名遠播的浪人，本領高強，管得動部下。不過，當中也有選用奇怪的人當隊長的例子，山本仙之助便是一例。他原是甲州的賭場老大，道上人稱「祐天仙之助」，也不知他是哪方面的才幹被看上，竟然也當上第五隊的隊長。

芹澤鴨跳脫各隊，單獨被指派為「取締付筆頭」。此職務的位階等同各隊長，有時權力甚至比隊長還大，所以芹澤應該很滿意這項職務才對。

連賭徒都能擔任隊長，更突顯出近藤一行八人的難堪。他們全都是一般隊員。若以劍術實力來看，近藤、土方、永倉、沖田、藤堂、山南、井上，與組內其他人相較，應該毫不遜色，但沒人知曉他們的實力。這正是無名小卒的悲哀。他們自近藤以下，全都交由第六隊的村上俊五郎指揮，默默走在木曾大路上，朝京都而去。昔日好歹也是道場主人的近藤，想必備感屈辱。抵達京都後，他們之所以與新徵組決裂，遠因可能就是為了一吐當時心中的悶氣。

幕府派出鵜殿鳩翁與他們同行。因此，在前去的路上，原本只是浪人之身的這一行人，突然受到等同幕臣般的待遇。一來到各個投宿處的大門，官方旅館、客棧的主人便前來相迎，客棧前方還貼有奉書紙以及用黑墨寫成的留宿者木牌。

鵜殿鳩翁大人蒞臨留宿

山岡鐵太郎大人蒞臨留宿

新徵組蒞臨留宿

有些浪人見了，像孩子般喜不自勝。他們泰半是鄉士、武士隨從、農民、町人出身，鮮少有武家出身者。

話說，這一路上都有人負責分配住房的工作。大名和幕臣在遠行時，家臣會先走在前頭，事先按階級分配主人以及眾家臣的住處，這就是這項職務負責的工作。新徵組內也有這項職務，是從一般隊員中依序選人出來擔任。

從板橋出發後，在蕨、浦和、大宮、上尾、桶川、鴻巢、熊谷、深谷等地投宿，明天將在本庄客棧過夜，這天輪到第六隊的一般隊員近藤勇負責這項職務。但他應該沒有處理這種雜務的才幹，土方歲三相當替他擔心。

「你不適合做這種卑賤的工作。不如謊稱生病，改由別人來做吧。」

「無妨。」

「那就讓我陪同你一起前往吧。」

「這麼點小事都要人陪同的話，我未免也太沒面子了。」近藤不願配合。「這是每個人都要做的工作，我也要試試看。而且也有其他同僚在，我不可能辦不好這件事。」

「真的沒問題嗎？」

誠如歲三所擔心，預先前往本庄客棧的近藤，先安排讓幕臣鵜殿、山岡住在官方旅館，籌劃人清川住上等旅館，七位隊長也給予特別待遇，住在各家客棧的上等客房，每位隊員的住房也都順利安排妥當，截至目前為止一切安好。然而，待一行人來到客棧後，發生了一件意想不到的事：近藤竟然忘了替那位難以侍候的芹澤鴨準備房間。

「這就怪了，這就怪了。」

芹澤手持刻有盡忠報國的大鐵扇，來到近藤的房間，如此說道。

「我的房間在哪裡？」

就連近藤也不禁臉色發白。

「沒有我的房間對吧？」

「是，請容我待會兒再向您報告。」

近藤與同僚討論後，決定先謝罪再說。他找尋芹澤，最後發現他盤腿坐在大路上抽菸，不知打什麼主意。近藤走向前，不得已，也只能和他一樣坐在大路上。

「此次的事萬分抱歉。是在下的疏失。」

近藤雙手撐地道歉。採跪地磕頭的姿勢。就他而言，這是莫大的屈辱。

「請您原諒。」

芹澤把臉轉向一旁，默不應聲，接著才開口道：

「您大可不必理我。我這個無處棲身的芹澤鴨，就適合住在大路上。不過，為了抵禦寒冷的夜氣，請容我燒一整夜的柴火。我芹澤的柴火興許會燒得旺些，您最好心裡先有個底。」

芹澤立即找來同夥的新見錦、野口健司、平山五郎、平間重助等人，拆了附近一間小屋當木柴，堆在大路上。不久，夜幕低垂，他們點燃了火。烈焰熏天，火星撲向客棧屋頂，連附近村莊的人也以為失火，跑來觀看，眾人一陣喧譁。鵜殿、山岡以及所有隊員，都擔心會不小心失火，穿著一身旅裝，一夜未眠。

這是故意給近藤難堪。到了半夜，藤堂平助等人多次大喊「我要殺了他」。每當他們怒吼「我再也嚥不下這口氣」，握著刀準備站起身時，近藤便加以制止。沖田從二樓俯看大路上的火柱，看得津津有味。土方躺在床上，凝望著天花板，整夜不發一語。眾人皆感到陰森可怕。

全隊抵達京都，是二月二十三日的事。

由於京都城內沒有適當的宅邸居住，所以暫時屯營洛西壬生鄉，總部設於新德寺，隊員分住於數間鄉士宅邸內。

然而，他們只在京都停留二十天，江戶幕府討論的結果便起了極大的轉變。幕府下令要他們回歸江戶。對外的公開理由，說是為了因應生麥事件★所可能引發的意外狀況，其實是因為幕府得知清川擅自與朝廷接觸，正暗中運作，準備將幕府設立的新徵組出賣給朝廷，為朝廷效力。隊員們再次在鵜殿、山岡的率領下自京都出發，回歸江戶。但就在這時——

「我要貫徹初衷。」

有人堅持留下，那便是近藤等八人。然而，芹澤不知為何，也附和他的主張，對外宣布「我也要這麼做」，兩派合起來共十三人。這可說是宿命的派系之爭。

他們就此留在八木源之丞客棧，但如今他們已無幕府的庇護，不過是一群沒任何權勢的浪人集團，每天空虛度日。

三月十三日，正是櫻花散盡，京都街上開始增添嫩葉的新綠時節，他們十三人連

生麥事件：文久二年，薩摩藩的島津久光一行人從江戶返回的途中，來到橫濱生麥村時，砍傷四名騎馬穿越隊伍的英國人，就此引發英國與日本的紛爭。

署向京都守護職松平容保提出請願書。沒想到對方當天便聽取了請願內容，以「會津中將（容保）代管」的名義，這才獲得合法的地位與經費。新選組就此啟動。

他們立即四方召募同志，延攬了約莫上百餘人，於初夏完成編制。最高機關為局長一職，有三名常任局長，以芹澤鴨為首席，近藤勇居其次，還有芹澤派的新見錦。以芹澤派較占優勢。

但底下的幹部，則是近藤派占有壓倒性多數，兩位副長的位置，分別由山南、土方擔任，而身為實戰隊長的「副長助勤」有十四人，分別是沖田、永倉、原田、藤堂、井上等人擔任，都是從江戶一路跟隨的夥伴。此外還有在土方的安排下重新雇用的大坂浪人山崎蒸、松原忠司、谷三十郎、明石浪人齋藤一，也都受到重用，昔日從江戶出發時被視為可有可無的近藤一行人，此時隱然已擁有自己的勢力。

芹澤派僅占有四名助勤職。芹澤是名個性粗獷的男人，沒有政治手腕，在隊內也懶得多花心思，扶植自己的勢力。不過，土方和山南則很擅長此道。特別是土方，他連對一般隊員也相當用心，總是以近藤的名義略施小惠，或是談論近藤的逸聞，讓人景仰其人品。某日，土方對近藤說道：

「近藤兄，我啊……」

附帶一提，土方在四下無人時，總會以這種輕鬆的同伴用語和近藤說話。近藤也是以歲三的乳名「阿歲」★稱呼他。他們同樣是多摩的農民出身。近藤是武州多摩郡上石原人，後來為附近一家農民道場主人——天然理心流的近藤周助——收為養子，在他二十歲前後那段時間，時常往來於八王子周邊的村莊，指導農家青年練劍。當時多摩群日野村湊巧有位名叫佐藤彥五郎的鄉士，他是歲三的姐夫，同時也是近藤家天然理心流的贊助者。兩人因彥五郎而結識，第一次在佐藤的宅邸見面時，近藤二十二歲，歲三二十一歲，從那時候起算，兩人已有十年的交情。一同度過漫長青春歲月的兩人，緊密的情誼牢不可破。

「我希望有一天，能助你取得新選組。」

為了這個目的，必須做哪些努力，歲三心中早有盤算。

聽完歲三吐露此事，近藤以和善的表情微微一笑。那是他表示同意時會流露的表情。歲三接著道：

「這並非為了私情，而是為了天下。新選組正處於動亂的風雲中，可說是處於與諸藩、朝廷公卿對等的位置上。局長若由芹澤和新見來擔任，根本毫無前途可言。你不認為他們全是一群無賴嗎？」

「可是，」近藤打破沉默應道：「此事急不得。」

「我知道。不過近藤兄，在那之前……」歲三叮囑道：「希望你能像我之前告訴你的

阿歲：土方的乳名「歲三」唸做「としさん」，後來才改唸為「としぞう」，漢字一樣，唸法不同。此處為做區隔，因而譯成「阿歲」。

那樣，在隊內什麼話也別說，只要面帶微笑坐著就行了。對你來說，這是最重要的一點。只要這麼做，你便是眾望所歸的對象。」

「我明白。」

歲三認定近藤有大將之才。幫助近藤取得天下，對他的助手歲三而言，是旁人無從體會的樂趣。

不過，驅策歲三這麼做的，另有其他原因。一是他對芹澤的憎恨。二是如同近藤有大將之才一樣，歲三也有建立組織的才能——也許這才是驅策土方歲三採取行動的主因。以前在三多摩的農村四處奔走，勸邀喜歡劍術的青年加入近藤的道場，讓天然理心流這套鄉下劍法在地方上蔚為流行，這也是歲三的功勞。也許就是這股熱情，讓他這次打算賭上自己的一切，創造出新選組這個強韌的作品。

如今有人擋在前頭，那便是首席局長芹澤鴨。能否殺得了他呢？雖然芹澤一喝醉酒就像瘋子一樣粗暴，卻是神道無念流的高手，論臂力，隊上無人能及。歲三只能靜候時機到來。

三

副長助勤平間重助，是芹澤從水戶便一路提拔的門人，歲三時常從他口中聽聞芹澤昔日在常州潮來館攘夷時代所發生的逸聞。

他的逸聞大多駭人聽聞。例如有三位年輕的同志，因違反隊規，芹澤命他們在刑場排成一列，這時，他突發出一聲怪叫，疾奔而過，待他停步後，三顆滿是鮮血的首級已散落一地。芹澤因為動私刑而被關進隊內監牢，但他卻大發豪語「有誰知我一片丹心」，並絕食數日，咬破小指，在紙片上寫下一首和歌「霜雪猶未至，繽紛早花開。縱使花落盡，猶聞梅飄香。」貼在監牢的欄干上。據說他文采奇佳，令觀者大感驚嘆。

這名男子是常州芹澤村人，為鄉士之子，本名木村繼次。芹澤鴨是他脫藩投入動蕩風雲後所取的名字。為何取「鴨」這個怪名，無人知曉，可能是當時志士流行取單名的緣故。

新選組組成後，芹澤鴨的粗野行徑益發不知節制。某次，他帶著隊員上島原的角屋暢飲。酒喝到一半，突然有件事惹他不高興，他馬上臉色一沉，厲聲咆哮道：「把老闆給我叫來。」他這個人一旦喝醉，就像換了張臉似的。

當時歲三剛好也在座。他悄悄朝一旁的隊員附耳說了些話，走下樓梯，讓角屋老闆德右衛門先行逃離。然後再向夥計說明情況，讓他在芹澤面前搪塞道：「德右衛門正好外出。」

「外出？去哪裡？」

「不清楚。」

芹澤冷笑道：

「土方，你還是像平時一樣機伶。」

歲三矍然一驚，但仍是裝作若無其事地應道：

「這話什麼意思？」

「我這是在誇獎你。你應該知道德右衛門的去處吧？帶我去吧。」

「謝謝你的誇獎，但在下真的不知道。」

「你不必顧忌。」

沒想到芹澤如此清醒。他這個人可怕之處，在於儘管已喝得爛醉如泥，內心卻仍舊清醒。歲三心底發寒，對他感到畏懼。芹澤居心不良地說道：

「土方，你聽好了，接下來我們要殺敵了。新選組局長芹澤鴨將率領副長土方歲三，殺進角屋德右衛門的居室。」

走進德右衛門的居室一看，這名倒楣的店老闆，坐墊還留有餘溫。

「敵人因為有人通風報信，已從後門逃逸。」他緊盯著歲三…「這麼說來，這裡是空城。現在開始破壞敵城！」

他朗聲大叫，拔劍斬斷方形座燈。他的身手俐落已極，令人看了背脊發涼。接下來的半個時辰，芹澤像發狂似地，鬼吼鬼叫，在房內東奔西跑，把所有生活用品、家具一一打碎。

歲三回到酒席的座位，獨自一人默默忍受這場噪音。他不想制止，甚至想慫恿芹澤這麼做。他舉起冷卻的酒杯，心中暗忖「盡情地瘋狂吧──」。再過不久，這名狂人將會失去人望，自取滅亡。近藤也叫他要等候時機到來。──歲三突然被酒嗆著，嘔了一地。他平時不愛飲酒。

京都市內，視新選組的跋扈橫行如洪水猛獸，畏懼不已。但諷刺的是，新選組隊內對芹澤同樣畏懼，就像養了頭豺狼。

然而，近藤始終保持沉默。不論芹澤如何放肆，他都不曾說過半句批評的話。就算他想說，但只要是和芹澤的行動有關的事，其他人都不會讓近藤知道。隊內的事務雖由三名局長合議決定，但芹澤總是和新見錦討論，帶領他的心腹獨斷獨行。

──組成新選組五個月後的八月十三日，芹澤做了一起嚴重的惡作劇。那天早上，近藤來到外廊欣賞鋪滿白沙的庭院時，發現芹澤正大聲指揮，從倉庫裡拖出大砲。

「你在做什麼？」

近藤無法如此開門見山地問。他害怕和芹澤起衝突。他裝沒看見，回到居室，悄悄喚來歲三，低聲向他問道：

「庭園前的騷動，你見著了嗎？」

「見著了。」歲三板著臉應道：「該怎麼辦？那門大砲是會津中將借給我們的，當宣布攘夷時，供驅逐外夷之用。一旦要使用，得經過三位局長討論後，徵求會津中將同意才行。」

「這麼一來，就算我會被責罵，也非出面不可了。」

派沖田総司暗中調查後得知，芹澤一派拖出大砲，打算恐嚇在葭屋町一條下開店的富商——大和屋庄兵衛。歲三大吃一驚。

「大和屋莫非是那塊罪狀牌上所寫的人？」

「沒錯。好像就是罪狀牌事件裡提到的大和屋。」

沖田還是一樣笑咪咪的表情，似乎覺得有趣。

那起大和屋事件，是數天前潛入京都的尊王攘夷浪士所引發的離奇暗殺事件。事後得知，此事是在大和舉兵的天誅組藤本鐵石、吉村寅太郎等人所為，他們為了籌措軍費，以誅殺奸商為名，闖入佛光寺高倉的油商「八幡屋卯兵衛」家中，命他們從倉庫裡取出銀兩，並將主人卯兵衛強押至千本西野，斬下首級。非但如此，他們還把他的首級掛在三條橋旁，立起罪狀牌。

近藤等人四處找尋凶手，但至今仍一無所獲。

然而，凶手留下的罪狀牌上寫著「大和屋庄兵衛及其他兩三名富商也身負同罪，近日應斬首示眾。」被指名的大和屋庄兵衛，嚇得魂不附體。他急忙透過守護職的官差，向新選組尋求保護。到這裡都還算處理得當，但他另一方面又暗中透過朝臣醍醐家，向朝廷及藤本鐵石等人獻上巨款。芹澤似乎掌握了此事。

「原來是這麼回事。」

歲三也是初次聽聞此事。沖田天生大舌頭，他以孩童般的說話方式說道：

「我認為是大和屋自己不對。也難怪芹澤師傅會動怒。大和屋明明向我們尋求保護，卻又暗中拿錢給那群四處流離的歹徒。我最討厭這種暗中耍手段的人了。」

「小夥子——」

歲三很疼愛沖田。

「我很明白你的好惡，也知道是大和屋不對，但我問的是芹澤他們想用那門大砲做什麼。你調查清楚了嗎？」

「查清楚了。」沖田頷首：「用途當然只有一個，芹澤師傅打算恫嚇對方。好像準備以大砲威脅，要大和屋也送錢給我們。」

「沖田，你是說真的嗎？」

「您的意思是我想得太天真對吧？關於這點，的確是芹澤師傅不對。若真那麼做，和那些以籌措軍費為名，擅闖民宅的流離浪人就沒什麼兩樣了。但他這種做法實在霸氣得緊。我很欣賞這樣的芹澤師傅，不是偷偷摸摸威脅對方，而是光天化日之下，公然以大砲威嚇。」

「夠了。你下去吧。」歲三揮手遣走沖田後，開口道：「近藤兄，就是現在。」做出砍殺的動作。

歲三的意思是，現在有正當的名義，可以公然在庭院斬殺芹澤那班人馬。理由一，芹澤擅自使用大砲。理由二，他違反「不可擅自籌措錢財」這項局內禁令。一旦違反，可處以切腹或斬首的處罰。儘管他貴為局長，也難逃法令的懲治。

「可是，」近藤把視線移開：「有人殺得了芹澤嗎？」

「如果是沖田，應該殺得了他。要我抱著一死的覺悟以命相搏也可以。至於新見錦，只要新田施展寶藏院流的槍術，對付他綽綽有餘。平山和平間，則由藤堂、永倉來收拾。」

「嗯，這樣或許有勝算。但這並非戰役。如果是戰役，可以拚死一戰。但這是處刑，處刑不能有人因此而受傷。看來……」近藤說：「還得再等一等，歲三。」

這天，芹澤一派離開壬生營區後，拖著大砲前往葭屋町一條，停在大和屋店門前，不斷在砲座旁燒柴火。此舉不僅令大和屋內的夥計們驚慌失色，也在市街上引起一陣騷動。隊員將十數顆鐵球丟進柴火中，做好燒夷彈★準備開砲。芹澤在一旁等候準備完畢，頻頻以鐵扇拍打脖子，就此走進大和屋內。

「老闆在嗎？」

他朝入門台階處坐下。

「我希望他馬上把話說清楚。庄兵衛明明已事先拜託我們新選組，但聽說他又給搶匪送錢，這實在不像常人會走的路。聽說庄兵衛最近好像變成狗或是狐狸了。」

店內的掌櫃、夥計，全跪在土間★上簌簌發抖，沒人答話。

「我是基於慈悲心，想幫助他恢復人形，所以得給我一萬兩。現在就要。」

「請、請容小的稟報。」

「什麼事？」

「我家主人正巧出外旅行，不在家。」

芹澤臉色大變。他似乎很痛恨別人說謊，痛恨到近乎病態的地步。

燒夷彈：當時的砲彈為鐵球，先丟進爐裡燒至熾熱發紅後，再裝進大砲裡發射。命中後，高溫會引發火災。

土間：日式房子入門處沒鋪木板地的黃土地面。

「哦，出外旅行是吧？」

他就此走回大路上，正當眾人吞著唾沫，不知他會怎麼做時，只見他走進對面的漆器師藤兵衛家中，從二樓的天窗爬向屋頂，緩緩坐下。想必他把該處當做指揮所。他啪的一聲張開鐵扇，大喊一聲「聽好了」，動作氣派十足。

他看準整個市街已開始慌亂後，依照傳統的砲擊口令，朗聲命令道：「前線預備，發射！」

砲口一陣轟隆巨響，砲彈就此嵌進土牆庫房的厚牆內，並未起火。

「再來、再來。」

接連又打出兩三發砲彈，射擊目標的土牆庫房遲遲燒不起來，但射偏的砲彈落向木板屋頂的倉庫，就此冒出白煙，轉眼燃起熊熊烈焰。

「喂，繼續射擊。」

市內響起警鐘，京都所司代的官差火速趕至，滅火員圍住市街，但當他們得知對方是新選組時，紛紛卻步。新選組的隊員也已拔劍在手，不讓人靠近，還喝斥道：「我們奉命辦案，此刻正在懲治奸商，敢前來滅火者，視同幕府叛逆，定斬不饒。」

接連射擊了數小時之久，大和屋的土牆庫房已悉數遭到破壞，新選組也就此返回壬生營區。

──他們返回後，全營區都在談論此事，唯獨近藤與土方始終板著張臉，所以這天沒人敢在他們兩人面前提及此事。

只有沖田例外。入夜後，他來到歲三的房間，向他挖苦道：「土方師傅，你好像很不高興呢。我啊……」

沖田喜不自禁地舔了一下嘴唇。歲三苦笑道：

「你要說你喜歡火災對吧。」

「沒錯。我真想去現場看呢。大砲引發的火災，就連以火災多而聞名的江戶也難得一見啊。」

這名青年出身於奧州白河藩的江戶定府，在近藤的道場裡，是萬中選一的天才型高手，但可能是從小便在江戶市內打滾，個性與多摩郡出身的歲三等人截然不同，就像市井小民一樣，個性開朗，藏不住秘密。

「不過，我認為芹澤師傅是個怪人。他連那種事都做得出來，沒想到睡覺卻會說夢話。」

「說夢話？這話怎麼說？」

「那是上個月十四號，芹澤師傅他們南下大坂時的事。我們不是從伏見寺田屋的河濱坐上三十石船★嗎？我一直睡不著，但芹澤師傅一上船，就進入夢鄉、說起夢話來。

三十石船：有三十石米載運能力的日本船。特別是指江戶時代，經淀川來往於伏見、大坂間的客船。

我清楚聽到他說什麼柴魚片、金平糖★什麼的，好像都是吃的東西，好奇怪的夢話。我一直搖他、叫他，他都沒醒。因為當時剛好經過淀川的水車，我想叫他起來看。後來我放棄這個念頭，查看師傅的睡臉，發現他睡得跟個孩子似的。他也許是我認識的人當中最善良的一個。」

「沖田。」

歲三一臉認真地問道。

「此事當事？不管你再怎麼搖芹澤先生，他也不會醒是嗎？」

「是啊。」

沖田頷首，接著猛然驚覺道：

「我好像說了不該說的話。」

他匆匆離開歲三的房間。

（原來那個男人有這樣的一面。）

歲三沉思了一會兒，但旋即心念一轉——

（無聊！）

打消自己腦中的念頭。

話說沖田総司於七月十四日前往大坂那件事，是新選組奉京都守護職之命，前

★金平糖：一種糖果，於十五世紀室町時代末期，由葡萄牙傳教士傳入日本。

往大坂巡邏，當時芹澤也引發了一起事件。那天南下大坂的人不只沖田，歲三、近藤勇、山南敬助、永倉新八等人也一起同行，一行連同首席局長芹澤在內，共十五人。

（當時那場騷動，也是芹澤所引起。）

新選組的工作，原本就是對那些高喊尊王攘夷、四處作亂的浪人兵刃相向，加以鎮壓。但芹澤完全不是這麼回事，他所到之處，新選組本身便成了亂源。

那天，順著淀川南下的這一行人，投宿於大坂天滿八軒家的船屋旅館「京屋忠兵衛」，十五日當天，店主忠兵衛於午後在堂島川備好一艘納涼船，向他們說道：「大坂的夏天之美，盡在於此。」一行人招來藝伎上船，盡情玩樂，轉眼白日將盡，芹澤道：

「在河上坐船多無趣啊。到北陽的新地去狂歡一場吧。喂，船夫。」

「在。」

「靠岸吧。」

在他的吩咐下，一行人於中之島對岸的鍋島河濱上岸。

他們行經鍋島藩的倉庫宅邸西側，但這時芹澤已醉得步履虛浮。近藤走在他背後，土方在右邊，沖田在左側，芹澤派的野口健司、平山五郎等人則是緊跟在後。

來到通往老松町的小路時，不巧一名大坂的相撲力士酩酊大醉地迎面走來。芹澤邁著蹣跚的腳步，口裡哼唱剛才在船上向藝伎學來的小曲，一路前行。由於路面狹窄，勢必得有人讓路才行，但那名力士個性輕浮，他來到芹澤面前時，像個孩子般敞開雙手，擋住他的去路。

「不讓你過。」

力士朝他開玩笑。

芹澤對力士的玩笑視若無睹。他步履未歇，朝力士走近。就在兩人身體接觸時，只聽到「呀」的一聲慘叫，血霧噴飛。

力士舉著雙手，中了芹澤一記右袈裟斬，轟然倒地。芹澤連看也不看一眼。

歲三站在屍體旁端詳。令人驚駭的刀痕。力士肥胖的肩頭，雪白脂肪外露，從他的傷勢來看，有數根肋骨被砍斷，刀痕直透肚臍。僅只一刀，刀法鋒利絕倫。

事件發生在這之後。新選組一行人前往玩樂的場所，是北陽新地首屈一指的茶屋，名叫住吉屋。不過，才過半個時辰，大路上突然一陣騷動。之前一直若無其事、喝酒狂歡的芹澤，此刻突然手握佩刀，霍然站起。

「近藤，看來是有人來表演餘興節目了。」

「……」

歲三不發一語地站起身，從二樓的扶手處俯看大路。眼前出現一幕異樣的光景：狹窄的路面，擠滿了四、五十名綁著頭巾、衣角捲進腰帶裡的巨人，手裡拿著八角棒★

八角棒：前端呈八角形的木棒，算是木刀的一種。

和方形木條，擠得水洩不通。也有人放聲叫囂。

「滾出來。我們是來替朋友報仇的。要是怕你們新選組，還能在大坂三鄉當相撲力士嗎！」

近藤也站起身。

「土方，去部署一下。」

「要動手嗎？」

「看這樣的情況，不動手也不行了。」

近藤脱去夏季的短外罩，取出他那長二尺三寸五分的愛刀「虎徹」，先以口水將目★釘弄濕。

歲三的佩刀是長二尺八寸的和泉守兼定，短刀是長一尺九寸五分的堀川國廣。歲三真正感興趣的，是自己能否像芹澤那樣，俐落地斬殺這些擠滿路上的巨大肉塊。

他部署好自助勤以下的隊員，自己率先走下樓梯，來到半途直接躍向土間。動作輕盈俐落。甫一躍下，他便已拔刀在手，以屋簷下的柳樹做屏障，朗聲道：「我乃新選組副長土方歲三。有誰不要命的，儘管上。」

馬上有一根方形木條往歲三頭上招呼，但歲三的愛刀捲起一陣疾風，掃向對手左軀。力士慘叫一聲，癱軟倒地。砍中了肥肉，但沒砍到骨頭。

目釘：貫穿刀身與刀柄洞口的竹釘，用來防止刀身從刀柄脫落。以口水沾濕，用意是讓竹釘膨脹，便於固定，以做好拔刀的準備。

（不行。我還沒有芹澤的火候。）

他期待下一次機會。等沒多久，左方旋即有一名力士持八角棒襲來。但他舉起八角棒後，似乎中途感到害怕，發出哭喪般的叫聲，拔腿想逃。歲三的刀尖高高舉起，他向前跨出，全力使出一記右袈裟斬。

（這次成功了嗎？）

屍體一度躍向空中，翻了個跟斗後，重重撞向地面。歲三朝屍體旁蹲下查看，對方已斷氣。但是與芹澤那宛如用柴刀劈柴般的俐落刀法相比，還是有段差距。

一人從他背後襲來。

歲三側身避開，躍過屍體，擊落正面這名男子的方形木條，接著舉起刀尖，壓低身子，以上段架勢迎面斬落。他有一種盡情斬殺的真切感受。

和泉守兼定創造出這把絕佳的斬擊作品。力士的腦袋被剖成兩半，沒能來得及慘叫一聲，背部便重重撞向身後的圍牆，倒臥喪命。這次勉強可和芹澤的刀法匹敵，但芹澤當時是拔刀便斬。歲三則是擺好架勢才揮刀。

（還是比不上他嗎？）

刀柄上的纏繩因吸血而變得濕滑，刀刃也因沾滿油脂而鋒利稍減。雖然他見人就砍，前後左右已砍傷了好幾人，但都未造成致命傷。

這場激戰歷時約十五分鐘才結束。因為力士這邊趕來了一位師傅，朝他們吼道：

「你們竟然向武士大人動手！」並在芹澤面前跪地謝罪。見對方展現這樣的態度，芹澤也意外表現出爽快的一面。

「這樣啊。」他還刀入鞘：「土方，我們有人受傷嗎？」

「好像沒有。」

「那就好。換個地點再喝。」

力士方面卻是傷亡慘重。五人當場斃命，撤退後又有五人喪命，有十五、六人重傷成殘，輕傷者多達二十人。但新選組方面，只有平山五郎一人胸口挨了一擊，幾乎全員毫髮無傷。新選組的實力令天下人聞風喪膽，便是從大坂北陽新地這場激戰開始。

但是就芹澤個人而言，這起事件卻招來不幸的結果。

事件發生後不久，大坂西町奉行所★與力★內山彥次郎撰寫了報告書，透過大坂城代呈交給京都守護職，令容保★留下很不好的印象。容保將近藤及土方喚至二条城，暗中命他們除去芹澤，據說便是這起事件發生後的事。然而，近藤仍舊感到猶豫。倒不如說，這時候的近藤反而認應該誅殺提出報告書的大坂與力內山彥次郎。就近藤的觀點來看，新選組為國事奮不顧身，卻被人舉出這種小瑕疵加以中傷，此等俗吏不可饒

奉行所：奉行是武家時代政務官。奉行所是奉行的辦公處。

與力：奉行底下的輔佐者。與力底下還率領多名同心。

容保：松平容保，亦即前面提到的會津中將。

恕，應該加以誅殺，為新選組立威。實際上，內山也在十個月後的元治元年五月二十日的黃昏，因新選組一事，在大坂天滿橋旁遭人暗殺。

四

芹澤在這起事件前後，還惹出了「阿梅事件」。歲三和平時一樣，是沖田総司到房間裡找他，從閒聊之中得知此事。沖田這個人鮮少聊到女人，但這天他難得開口問道：「土方師傅，你見過了嗎？」那已是九月時的事。

「見過什麼？」

「你的消息可真不靈通。聽永倉先生他們說，那樣的尤物，連在江戶也難得一見呢。那個女人一來到隊裡，總會引發隊員一陣騷動。雖然我很討厭那種調調的女人。」

「搞什麼，原來談的是女人啊。」

「拜託。難不成你以為我在跟你談馬嗎？」

聽沖田所言，有名女子近來每天都會到營區找芹澤。此女是四條堀川的布匹商菱屋太兵衛的小妾，名叫阿梅。由於太兵衛的正室還健在，所以阿梅就像是菱屋的年輕老闆娘一樣。

「芹澤兄還是老樣子，豔福不淺啊。」

「真傷腦筋。土方師傅，你雖然頭腦聰明，但某些方面就是狀況外。」

「這話怎麼說？」

「我可不是在談豔史哦。如果是風流豔史，芹澤師傅多得數不清，既無趣，又不足為奇。阿梅是來討債的。芹澤師傅每次一見到阿梅就臉色發白，東躲西藏，所以才教人覺得奇怪。」

「真無聊。」

沖田詳細道出來龍去脈。據他所言，穿著講究的芹澤常到四條堀川的菱屋太兵衛訂做衣服，但從沒付過一毛錢。菱屋對此也很頭疼，掌櫃曾多次到隊上好言催款，但是對芹澤都不管用，所以某天終於挑明著向他催討。果不其然，芹澤盛怒拔刀。

「我早晚會給錢的。你把我芹澤鴨當盜賊看嗎？」

掌櫃聞言，嚇得光腳逃回四條堀川。

「不過話說回來，菱屋老闆太兵衛還真是聰明。」沖田說。

太兵衛心生一計，認為派女人前去，對方態度應該會比較柔和，於是便派阿梅向芹澤催討。此舉果然連芹澤也難以招架，每當阿梅出現在營區，他便東躲西藏，向部屬吩咐道：「不在、不在，千萬別說我在啊。」然而，最近阿梅膽子變壯不少，以一句「那我就在這裡等他回來」，借了一間隨從住的空房，一直等到天黑，令芹澤頭疼不已。

「很有趣對吧？沒想到這世上也有教芹澤師傅沒轍的對手。」

「無聊。」

翌日，歲三在營區的道場裡指導完隊員練劍，取下護具，直接穿著練習衣前往井邊，想清洗手腳。隊員快步跑來，幫他拉起井裡的水桶汲水。他在潑水洗臉時，突然感覺背後有一道人影。

「是誰？」

他臉埋在臉盆裡，如此問道。背後的人影默然不答，似乎正低著頭。不得已，歲三顧不得臉濕，回身一看，為之目瞪口呆。他心裡只有一個感覺——世上竟有這等美女？

「奴家是菱屋的人，名叫阿梅。」

「……」

此女的肌膚像蠶一樣白，厚實的耳垂泛紅。阿梅瞇著眼說道：

「請原諒奴家未經通報，便與您攀談。請問您就是土方師傅嗎？」

「正是。有什麼事嗎？」

「小店平素承蒙芹澤師傅的愛顧，希望日後也能為土方師傅服務。」

「好，有機會的話，再勞煩你們。」

「對了，不知芹澤師傅……」這似乎才是阿梅真正的目的：「是否在營區裡呢？」

阿梅想必心裡認為，只要詢問像土方這種身分地位的人，他應該不會說謊才對。

歲三略感失望。

「經妳這麼一提，我從下午就一直沒看到他人。」

歲三逃也似地回到房間後，吩咐下人端茶來，這才察覺自己一顆心噗通直跳，狼狽不堪。

（我怎麼會這樣……）

為了鎮定心神，他拔刀灑上磨刀粉。仔細擦拭過刀身後，他茫然望著愛刀。阿梅的曼妙動作、柔聲軟語，此刻都清晰浮現於歲三腦海。

（我到底是怎麼了？）

歲三旋即前往道場，拿起竹劍。往後的數日，他都專心於指導隊員練劍。歲三猛烈的刺擊，令隊員們大喊吃不消。

然而，數天後發生了一件事，令歲三平復的心情再度為之動蕩。當沖田告知他這件事時，歲三登時臉色慘白。沖田見狀，反倒慌了起來。

「您怎麼了？」

「不，我沒事。」

「您臉色很難看呢。是不是吃了什麼不乾淨的東西？」

沖田還是老樣子，說話很孩子氣。

「剛才說的話，別跟任何人提起。」

「土方師傅。」沖田噗哧一笑：「您在說什麼傻話啊。這件事在隊內早已無人不曉。」

「無人不曉？」

歲三顯得狼狽，說著莫名其妙的話。

「當然囉。連久助都知道呢。」

久助是近藤的馬夫。

沖田告訴歲三的消息，是芹澤鴨白天時，在居室裡強行按倒前來找他的阿梅，勒住她的脖子，讓她無法動彈，就此侵犯了她。沒人聽見阿梅的叫聲，因為她強忍了下來。想必是感到羞恥，不想讓旁人知道自己所受的屈辱。

（實在可悲。）

前來索債，反被人奪去貞操，這早已超越滑稽的程度，只能以悲慘形容。就是在這一刻，歳三怒火中燒，決心斬殺芹澤。

然而，阿梅每天到了黃昏時分，總會化著濃妝，盤著當時流行的漂亮髮型「松葉返」，來到營區內。根據隊員所述，她在芹澤的房間過夜，天亮後才離去。歳三得知此事時，只覺得自己被阿梅給耍了。他始終摸不透女人心。

此事似乎也傳進近藤耳中。某夜，他將歳三喚進自房內，與他閒聊了一會後，突然提到：「芹澤先生真是福厚之人啊。」

歳三反問：「此話怎講？」

「他將長髮的討債鬼轉為自己的情婦，似乎連債務也一筆勾銷了。世上再也找不到這麼好的事了。菱屋太兵衛不僅被人踩在腳下，現在連老婆都被人搶走，實在是沒臉見人啊。」

「你已經知道這件事了？」

「聽說是個絕色美女呢。」

近藤臉上微微浮現嫉妒之色。歳三點頭應道：

「菱屋真傻。這就像有根小骨頭卡在一頭餓虎的牙縫裡，他偏叫自己的老婆去將它取下。」

「關於那頭餓虎……」近藤沉思了一會兒：「看來，還是該殺。」

「時機成熟了嗎？」

「得暗地裡取他性命，即便日後隊員得知此事，只要明白芹澤幹過這種壞事，應該也會覺得他死有餘辜，隊內不會因此大亂。」

「何時動手？」

「九月十八日，你看怎樣？」

「好啊。」

歲三已看出近藤的心思。那天隊內幹部以上人員會在島原的角屋舉辦一場酒宴，此事局內已經知曉。近藤應該是想趁那天晚上對手喝得爛醉如泥時，暗中誅殺。

「此事一定要辦好。不能讓局內的人知道。要做得像是長州人幹的。至於下手的人，就由你來擔任，辛苦你了。沖田、原田、井上也一起帶去。」

個個都是和近藤一同來自江戶的心腹。

「土方，我想你應該不會馬虎，不過，你白天時最好能先到芹澤的房間、走廊、茅坑查探一番，把路摸熟到閉著眼睛也能走的地步。可以的話，最好也丈量一下寢室與鄰房隔幾步路。」

「明白了。」

「對了，土方，局裡的帳房還剩多少錢？」

近藤提出這個令人意外的問題。歲三每天都聽取隊內負責管帳的岸島由太郎報告每天的帳目，所以知道大致的金額。

「這樣啊。只要有這筆數目，就能辦得風光一些。」

「請問要辦什麼？」

「葬禮。」

沒想到近藤連事件的最後步驟都已構思妥當，令歲三為之咋舌。

「拿隊裡一半的經費辦一場葬禮。再怎麼說，死的畢竟是新選組的局長，葬禮簡陋不得。」

——動手的日子近了。

從近藤和土方口中得知此事的沖田総司，還是老樣子，教人捉摸不透。他嘴裡說「芹澤先生真是可憐」，但準備起這項工作，比誰都認真。他非常喜歡執行任務，總是全神投入。他經常到芹澤位於八木源之丞主屋的住處登門拜訪，從玄關的門檻起，乃至於打開拉門到第一個房間該怎麼走、大小房間之間的關係、上門框高度、走廊長度、面向庭院的外廊情況、芹澤寢室座燈的擺放處，他全都不動聲色地查探過。

「已經沒問題了。我就算閉著眼睛也能走。」

他似乎已等不及那天的到來。「不過，芹澤師傅真是可憐啊。」這名開朗得不像樣的青年，內心實在矛盾。嘴巴上說可憐，接著卻又補上一句：

「土方師傅，你很奸詐，所以你一定打算親自砍第一刀對吧？這可不行哦。我查探得那麼辛苦，所以這第一刀一定要讓給我。」

歲三拗不過他。

「好吧。」

「不過，我擔心一件事。那就是阿梅。要是當天晚上阿梅在寢室裡，該怎麼辦？」

「殺。」

土方立即應道。

「非殺不可。一切全看她自己的運氣。如果她運氣好，那天就不會去過夜。如果她運氣不好，前去過夜，便會是目睹我們下手的唯一目擊者。非殺不可。」

「真可憐。」

沖田眼眶泛淚。其實他的同情只是表面。他具有連歲三也無法理解的一面。

那天晚上終於到來。

從黃昏前開始，角屋便動員所有女人，大肆狂歡，當傳來戌時的敲更聲時，副長助勤尾形俊太郎等人舞劍舞至一半，突然癱倒地上，打起呼來，每個人都喝得爛醉。

連平時不喝酒的近藤也醉了。想必是假醉吧。

這天從傍晚便開始下起小雨。入夜後，打向庭院樹叢的雨勢逐漸增強，待酒宴結束時，已轉為暴風雨。

「芹澤師傅，你走得回去嗎？」

近藤一臉認真地替他擔心，足見芹澤醉得有多嚴重。芹澤應道：

「當然走得回去。」

他抓著心腹平山五郎的肩頭，一面起身一面說道：

「阿梅還在營區裡等我呢。」

歲三聞言一驚，但仍裝出若無其事的模樣。

「平間、平山，師傅有勞兩位照顧了。」

他說完這句話，便緊接在近藤之後離開角屋。狂風暴雨幾欲將油傘的傘柄吹彎。

「今晚的情況正好合適。」

「新見當時也是這樣的夜晚。」

近藤面無表情地應道。芹澤從水戶一路相隨的心腹——局長新見錦——已不在隊上，因為他已魂歸九泉。今年九月初，新見在他時常光顧的祇園「山之尾」玩樂時，近藤帶著土方等人闖入，報出他許多罪狀，命他當場切腹。因此，如今芹澤身邊只剩從江戶跟隨他前來的平間重助、平山五郎、野口健司這三人。

——近藤等人當晚返回前川莊司宅邸的宿舍，已是晚上九點以後的事。

他們與芹澤位於八木源之丞宅邸的宿舍只隔一條小路。這兩座宅邸便是新選組的營區，兩座宅邸圍牆間的小路，正下著滂沱大雨。

沖田在八木宅邸的家臣房間裡玩到深夜，過沒多久，也拖著一身濕衣返回。

「芹澤師傅回營後，好像還一直喊著要酒喝，直到剛剛房間才靜了下來。似乎是睡著了。」

「平間重助、平山五郎、野口健司還在嗎？」

「平山先生帶島原桔梗屋的吉榮回來，睡在芹澤師傅鄰房。平間先生走進玄關後，待在右邊的房間裡，聽說是和輪違屋的絲里一起過夜。」

晚上十點後，雨止雲開。隔著窗戶往外看，看得見浮雲。月亮正開始露臉。

「土方，我們走。」

他們脫去短外罩，纏上束衣帶，打著赤腳。一行人悄悄從前川宅邸的後門離開，一口氣橫越小路，闖進八木宅邸的玄關，踹倒拉門，衝進漆黑的屋內。

沖田率先闖進芹澤的房間，月光微微從西側窗口射入。沖田一時為之一愣，因為芹澤全身不蔽一物，也許是交合後直接入睡，連兜檔布也沒纏。阿梅睡在他身邊，撥開棉被，睡相零亂。雖然她穿著長袖睡衣，但一雙白皙玉腿外露，幾乎連胯下都一覽無遺。

沖田手中長刀寒光一閃，一場殺戮就此展開。

左肩中劍的芹澤大喊一聲，迅速起身，想拿刀對抗，卻摸不著刀。他就此放棄拿刀，一頭撞倒拉門，滾進鄰房，原田左之助以上段架勢揮刀朝他背後斬落，但刀砍向上門框，芹澤逃過一劫，手忙腳亂地逃向走廊。

走廊上有張書桌。

他栽了個跟斗，雙手扶地撐著身體。這時，土方歲三冷靜如冰地緩緩刺出一劍，從芹澤後背直貫前胸。

至於阿梅，連叫也沒叫一聲，便像螻蟻般被一劍刺死。下手的人是誰，連歲三也不清楚，他猜可能是沖田。平山五郎被原田左之助一刀砍下首級，但奇怪的是，理應睡在他身旁的桔梗屋吉榮卻不見蹤影，沒想到這名女子如此機靈。

平間重助的臥床也同樣只留下一具空殼，不見女人的蹤影。興許是聽到怪聲，早一步逃脫，找遍每個房間都尋不著平間。他可能已明白刺客的身分，從那一夜之後，便從新選組中消失。進入明治時代後，不斷有新選組的舊隊員陸續談起昔日的事跡，唯獨這名芹澤派唯一的生還者從此未曾露面。

翌晨，近藤檢視完那三具屍體，向守護職提出報告，寫著「病歿」兩字。

事件發生的隔兩天，亦即文久三年九月二十日，於壬生營區盛大舉行了一場葬禮，除守護職的相關人等外，連諸藩的京都留守居役★也前來參加，於本圀寺擁有京都藩邸的水戶藩，也派芹澤鴨的兄長木村前來弔唁。此時近藤展現了他畢生最精采的一次演技，他朗讀長篇弔詞，還數度哽咽中斷。其實近藤是真的壓抑不了內心湧現的感動。因為他明白，從他唸完弔詞的那一刻起，新選組便已落入他手中。就在組織成立的半年後。

指揮葬禮進行的土方歲三，突然從一般的列席者中，發現一名年約四旬、臉色蒼白、略顯福態、模樣懦弱的男子。在沖田的提示下，歲三才明白原來他就是阿梅的丈夫菱屋太兵衛。沖田一臉正經地說道：

「他今天來，是來做生意的。」

歲三起初不懂沖田這番話的含意，仔細詢問後才明白，菱屋太兵衛為了成為新選組的合作商，才特地帶著奠儀前來弔唁。

「原來如此，為了生意是吧。」

「是啊。」

沖田一臉嚴肅地頷首。

留守居役：江戶時代，諸大名於江戶、京都、大坂、長崎等地的藩邸指派的重臣。代為管理藩內事務。

（世上就是有這種莫名其妙的人。）

思緒至此，他突然覺得參加葬禮的菱屋太兵衛、指揮葬禮進行的自己、局長近藤、還有沖田総司，不也都一樣莫名其妙嗎？

（阿梅也是。看來，人就是這麼回事。）

明明仲秋已過，但葬禮這天，到了傍晚時分還是一樣莫名地悶熱。

長州密探

一

當時京都流行將琵琶湖竹生島的弁天★迎請至家中。

據說對祈求姻緣和發財相當靈驗。京都浪人深町新作不清楚祂是否真能保佑發財，但他常半開玩笑地猜想，他會認識蛸藥師麩屋町雜貨店的女兒阿園，或許也是竹生島弁財天的撮合。

竹生島位在離長濱四里◎遠的湖心。

從長濱發船的渡輪上，坐著一支修行者隊伍，船上做普通人打扮的客人，只有新作與阿園。

兩人自然馬上就在船上結識。自島上的小港靠岸後，兩人一路沿著松柏茂密的參道而上，看在旁人眼中，猶如一對感情融洽的兄妹。

新作之所以來竹生島，並非因為信仰虔誠，而是受姐夫泉涌寺家臣吉田掃部之託，代為前來參拜。不過，阿園和他不同。

她是為信仰而來。根據當時的風潮，人們會為了迎請弁財天而特地在家中庭院挖

弁天：又叫弁財天。

一里：約四公里。

一座小池塘，在池塘中央擺上岩石，造一座塗上朱漆的祠堂。阿園就是前來祈求供奉在祠堂裡的神符。

正因如此，阿園堅信她與深町新作的緣分，乃神明所賜。

阿園沒有父母。

姐姐小膳與丈夫離異後，阿園便和姐姐一起開店做生意，小膳個性陰鬱，所以店內生意大多由阿園獨自一人張羅，差遣一名男夥計松吉處理。就此耽誤了婚事。

阿園與新作一同投宿僧房。房裡雖有兩張床，但兩人不約而同地同床共枕。

「可以嗎？」

「什麼事？」

座燈的燈火已熄。

「我可以抱妳嗎？」

「能遇見您，應該是弁財天的庇佑。阿園一切都聽您的。」

這是阿園保有處子之身前的最後一句話。

從此，圍繞在臥床四周的黑暗，改變了兩人未來的命運。

歸途，他們從長濱沿琵琶湖東岸的大路南下，往京都而去。不過阿園腳力欠佳，走不慣長路，每走二十公里就得投宿過夜，一路上分別在彥根、老蘇各待一晚。當旅途的最後一夜投宿草津時，兩人就此私訂終身。

「我姐姐小膳一直叫我找個丈夫，以繼承家業。雖然只是間小店，但因為投注不少心力，我實在不忍就此拋下。」

這是阿園提出的條件。京都女人外表溫順，但在謀生方面可一點都不馬虎。

「妳要我當町人★？」

「您不願意嗎？」

「也不是不願意啦……」

「那是有其他原因嗎？」

阿園硬是要問出個結果。

深町新作從父親那一代開始成為浪人，父親與左衛門原本於長州藩家老益田家任職，雖是陪臣★，但領有五十石的俸祿，後來因為一些問題而離職，在京都柳馬場的町寺租屋而住時，娶了京都一名女子為妻，生下新作。如今新作的雙親皆已亡故，但父親臨死前曾告訴他自己的家世。

「我們原是長州人，代代以岸為姓。雖是長州家老益田家的家臣，但也名列毛利家★的武士名冊中。來到京都，在因緣際會下，爹才改為你母親的姓氏深町。為了慎重起見，我事先告訴你我們的家世。不過，你還是繼續維持京都浪人的身分。千萬不能將

町人：江戶時代，住在都市裡的工商業者統稱為町人，有別於武士、農民等身分。

陪臣：家臣的家臣。

毛利家：長州藩主。

爹出身長州，而且姓岸的事洩露給外人知情。」

父親並未說明原因。

不過，父親倒是留給新作一筆不像浪人該有的龐大遺產，並一再叮囑不可洩露舊姓，再加上遺產，兩件事放在一起研判，或許父親在長州時代曾犯下挪用公款的罪行。

「你要當一名好武士。」

與左衛門留下這句遺言後，溘然長逝。

之後，新作寄居在姐夫家，亦即泉涌寺寺主的家臣吉田掃部家中。他個性認真耿直，十二歲便自己要求學劍。從位於今熊野的宅邸到柳馬場綾小路下的一刀流道場，約莫有四公里的路程，但他每日勤上道館，無一日間斷，十七歲便取得劍術證書。二十歲後，他的劍技更加精進，已成為道場內屈指可數的高手。今年冬天，道場內的門徒傳言他將獲得師傅的奧義真傳。

（我就這樣成為町人嗎？）

想到過去投注的努力心血，新作不禁自憐自艾。

雖然不喜歡雜貨店，但他渴望得到阿園。如果這是竹生島弁財天締結的姻緣，那就更不能捨棄了。他們在草津的客棧裡談及此事。

「繼承雜貨店一事，妳可否重新再考慮考慮？」

「您是要我當浪人的妻子嗎？」

阿園的意思是她不願意。在京都，就連武家也不受尊重，浪人更是不被當人看。

「難道我們終究還是無緣？」

阿園如此說道，咬著棉被啜泣。

「只要我找到侍奉的主君，總行了吧？」

阿園並未說好。因為就當時的世道，即使劍術再好，也不是那麼輕易就能在身世顯赫的大名底下任職，而且，若只是擔任徒士★或是朝廷公卿、寺主的家臣，根本無法餬口，這點阿園心裡明白。

「只要我能取得俸祿，當一名武士，這樣總行了吧？」

這願望是否能實現，新作自己也沒把握。

二

徒士：不准騎馬的下級武士。

後來新作不時造訪阿園家，或是約在幽會茶店見面，但每次談到這件事，雙方總是含糊以對，阿園每次談到最後，一定會落淚啜泣。不論新作再怎麼柔聲安慰，她似乎仍舊堅信，唯有緊守那家雜貨店，才是通往幸福之路。

阿園的姐姐小膳似乎也看不下去。某天她將新作找去，說有話同他說，接著突然問他一句：

「您想不想當長州藩主的家臣？」

「長州藩主？」

「我父親曾在長州藩主的京都藩邸當差，所以現在還有一些熟識。如果我誠心請他們幫忙，或許他們願意關照。」

「好。」

（長州可就麻煩了。）

他想起父親的遺訓，但這時候容不得他挑三揀四。

「那一切就有勞您安排了。」

「您同意啦。就算俸祿只有三十石、五十石，我也會說服舍妹，讓她放棄店裡的工作。」

隔了一個月後，在重陽節的隔日，阿園家的夥計松吉跑來告訴人在柳馬場道場的新作：「請您現在立刻到木屋町三條上的丹虎去一趟。」沒說任何理由。想必阿園也沒告訴松吉原因吧。

（阿園選這個地點還真奇怪……）

是他們從未去過的料理店。

丹虎的正式店名叫四國屋十兵衛，是武市半平太等土州派浪人密會的場所，新作當然不知道。

到達後，新作在店主十兵衛的引領下來到一間別房，在裡面枯等了半個時辰之久。房間採茶室擺設，有三張榻榻米大。環視房內，壁龕柱子以南天竹打造，壁龕地板則為樟木建材，散發典雅色澤。

等候了半晌，屋內逐漸盈滿潺潺水聲。鴨川似乎就從東窗邊流過。新作正開窗一觀時，突然走進一名身形奇偉的武士，端坐房中，對他說道：

「勸您最好別開窗。在下是長州藩的藩士，名叫吉田稔麿。您就是深町新作先生嗎？」

「忘了先自我介紹。在下是家住今熊野的深町新作。」

「我知道。老實說，受雜貨店小膳請託的另有其人，不過，在下決定親自接下這份安插的工作。但話說回來，以在下的身分，還不夠格替您安插工作。」

其實他在藩內擁有相當的影響力。他是安政六年在江戶被處死的吉田松陰之胞弟，老早便為尊王攘夷的運動奔走，曾一度脫藩潛入江戶。他在江戶擔任旗本妻木田宮的佣人，暗中打探幕府的政情，但長州藩被指派守護皇城的工作後，他便順勢重返長州藩。只不過，這時的吉田並不想對新作透露半點和自己有關的事。

不久，下人送來酒菜。

「深町老弟，我記得您好像不愛喝酒對吧？」

吉田對新作相當清楚。

「不過，為了表示我倆交好，您好歹也喝一杯吧。」

「是。」

新作臉色逐漸發白，因為眼前這名男子對他的事清楚得教人吃驚。肯定已仔細調查過他的身世。

「您人品敦厚，我們非常欣賞。最重要的是，您的劍術精純。由於本藩打算當攘夷先鋒，所以就連藩內的神職人員、農民、町人，也全都納為藩兵，急需人才。更何況令尊舊姓『岸』，曾是藩內的一員。」

（他知道！）

新作抬眼望向對方。不過，他是個少有表情的人，情緒不顯於色。

「藩內有許多您的親屬。就毛利家而言，岸家算是陪臣，但你們的宗家有許多上級武士，而且也算是在下母系方面的遠親。」

「……」

新作屏息凝氣。吉田知道許多連他都不知道的事，而且還是他的親戚。也許是因為藩內就這麼些人，真追查起來，多少都能攀上關係。

吉田稔麿說完了故事，突然轉為嚴峻的眼神道：

「你肯為天皇而死嗎？」

「我肯。」

新作此話並非虛言。當時尊王攘夷已不是什麼標新立異的論點，而是身為武士的常識，就連在壬生屯營的新選組，對外同樣主張尊王攘夷。只不過，新選組與脱藩浪人的不同點，在於他們搜捕的對象是出沒於京都守護職管轄地內，高喊反幕府口號的不法浪人，如此而已。

「你肯為天皇而死嗎？」

經這麼一問，年輕的深町新作體內突然湧現一股豪氣，令他激動得顫抖。在他這個年紀，再也沒有比「死」更具刺激性的言語。

就新作來看，他認為吉田稔麿只大他一歲，頂多也只大他三歲左右。他不想輸給這個男人。就在那一刻，深町新作成了一名志士。

「既然這樣……」

稔麿說到一半，突然豎耳細聽周遭的動靜，確認四下無人後，才又接著說：

「我希望你加入新選組。不論你人在何方，都要全力為天皇盡忠。」

「什麼？」

新作驚訝得說不出話來，沉默了半晌。

「我不懂。」

「你將成為密探。」吉田稔麿說。

「密探？」

「沒錯。」

據吉田稔麿所言，截至目前為止，長州已派出兩三名密探，但都露出破綻，慘遭殺害。因為他們不是帶有長州口音，便是在某些方面暴露出過去與長州的關係。

「再也沒有人比你更適任了。」

這就是吉田接見新作的目的。仔細一想，實在找不出比新作更適合的棋子了。第一，他是京都浪人。第二，他過去從未與主張尊王攘夷的浪人往來。第三，他劍術高超。第四，他本是長州人。

「你願意嗎？」

如果說不，吉田恐怕不會善罷甘休。然而，新作腦中完全沒想到這個層面，像吉田稔麿這種志士，竟然如此看重他，這已令他感動不已。

「在下願意。」

「很好。下個月似乎有一場招募隊員的全新考試。你一定能入選。你加入後，要謹守隊規，當一名好隊員。興許有一天你我會兵刃相向，到時候希望你別因為顧忌而被人看穿。」

接著，吉田大致對京都的尊王攘夷派情報網做一番說明。雖然所有專有名詞都隱瞞沒說，但猜得出情報網遠比想像中來得綿密。

「希望你能不時向雜貨店的小膳通報隊裡的動向。有緊急情況時，可將信件交給壬生的蔬果店萬助。」

「您說的小膳，是阿園的姐姐嗎？」

「她是個厲害的女人。雖然看起來個性陰沉，一副心不在焉的模樣，但我們受她不少照料。至於她妹妹阿園，你千萬不能向她透露自己和長州之間的淵源。」

「是。」

「忘了告訴你一件事。」

「何事？」

「有位長州的密探，在新選組裡潛伏多年。不過我不能告訴你他的名字。」

之所以隱瞞不說，想必是擔心萬一事跡敗露，其中一方會供出對方的名字。

三

沖田総司最早質疑新入隊的京都浪人深町新作。

考試時，報考者的專長若為劍術，便依慣例由沖田総司與其過招，近藤和土方在一旁觀戰。

兩人一站起身，旋即保持六尺的距離。

但勝負很快便結束。

新作轉眼便被沖田擊中臉部，身軀和前臂也中劍。

「勝負已分。」

土方舉手喝止，命新作退至休息室，自己則是和近藤討論。

「他能用嗎？」

「出劍力道像他這麼輕的人，還真是少見。雖然敗在沖田劍下，但他畢竟擁有劍術證書。還是錄用他吧。」

就這樣，新作當天便以隊員見習生的身分，編入第十隊原田左之助的小隊。

沖田那天晚上跑來土方房間。

「世上就是有這種怪人。按常理來說，就算力道不夠，也會想展現強勁的一面，鼓足全力以竹劍攻擊，但像他那樣的人，我還真是第一次見識。如此刻意隱藏實力，不知道在打什麼主意。」

「你說的是誰？」

「我忘了他叫什麼名字。」

「真是沒頭沒腦。」

「土方先生，就是今天那位啊。」

「深町新作是嗎？」

「對對對。我記得深町兩度擊中我的臉部和前臂。但你沒判定他擊中。」

「因為打得太輕。那樣不算擊中。雖然他出劍頗快，力道卻太輕。」

「他打得太淺，並不是習慣使然，而是故意這麼做。看他的姿勢和劍法，出劍力道不應該這麼麼輕才對。為了慎重起見，我問過昔日和他一同待過柳馬場道場的隊員，結果對方告訴我，他出劍的力道非但不輕，甚至只要身軀挨他一劍，就會像肋骨碎裂般，教人幾欲當場昏厥。他不只擁有劍術證書，甚至還達到奧義真傳的水準。」

「那可能是太緊張了吧。」

土方歲三並未搭理他。

但沖田離開房間後，土方旋即喚來諸士調查役監督山崎蒸，向他出示新作的履歷。

「我希望你調查一下這個人。」

「他有什麼可疑之處嗎？」

「我就是要你去調查這點。」

山崎遵照他的吩咐，花數天的時間，派手下對新作進行身家調查。

但查不出任何可疑之處。

「土方師傅，他沒任何問題。」

「與長州、薩州、土州有關係嗎？」

「沒有。」

「有相好的女人嗎？」

「有。他和蛸藥師麩屋町一家雜貨店的女老闆阿園，似乎已私訂終身。兩人不時見面。」

「為什麼不結婚？」

「阿園是個很重現實的女人，聽說她提出要求，只要深町不捨棄腰間的佩刀，繼承家裡的雜貨店，她便不嫁。而且她很排斥深町加入新選組，最近深町去找她，她都避不見面。」

「就這樣？」

「是的。」

深町新作不知道自己在隊上的幹部間成了問題人物，每天還是很認真地執行隊務。如同沖田所看穿，當初新作在考試時，的確是刻意減輕出劍的力道。只因他不想加入這刀來劍往的修羅場。

如果對方是薩州、土州的人，倒還另當別論，倘若是長州的人，他實在下不了手。他也許會手下留情，但到時候隊內要是以他的實力來評估，一定免不了引人懷疑。

然而，他所配置的原田左之助第十隊，和沖田総司的第一隊一樣，都是最活躍的隊伍，隊員總是三五成群地在市內巡視，幾乎每天都與人打殺。

新作第一次殺人，是文久三年十二月的事。

對新作而言，近來發生了一件不幸的事。八月十八日，長州之前一貫主張的攘夷親征，在朝廷的議事中突然起了一百八十度的大轉變，長州遭解除守護皇城之職，被諸藩孤立，當晚便帶著長州派的七名公卿自京都返回長州。

身為密探的新作，就此與祖國斷絕聯絡，一時間，他很想脱離新選組奔回長州，但雜貨店的小膳加以勸阻。

這當然不是小膳自己的意見，而是潛伏在京都的長州派浪人在背後通報的結果。

「現在正是迫切需要密探的時候啊。」小膳說。

小膳的意思是，雖然長州藩在京都的政治鬥爭中被鬥垮，回歸藩地，與京都失去聯絡，但這樣反而更需要京都方面的情報。

在京都的情報方面，握有權勢的公卿以及幕府方面傳出的情報最為重要。關於幕府方面的情報，據説受京都守護職管轄的新選組，其隊內的傳聞可信度出奇的高。

「上級吩咐，不管有什麼消息都要通報。」

「是吉田先生吩咐的嗎？」

「是桂先生的命令。」

「小五郎★？」

小五郎：長州藩士，是江戶時代尊王攘夷派的核心人物，與西鄉隆盛、大久保利通合稱「維新三傑」。

「沒錯。」

「太令我驚訝了。他知道我的名字？」

「他早就知道了。」

新作心想，這樣一切辛苦都值得了。只要好好努力，一定能被拔擢為地位崇高的藩士。

當時土方接獲通報，得知常有浪人在千本釋迦堂院內密會，於是派第十隊出動。新作當然也在隊中。

然而，正當原田隊組隊欲步出營門時，沖田総司突然從大門旁冒出，向他們說道：「我也去。」他還是跟平常的習慣一樣，嘴裡叼著根野草，一面嚼一面跟在後頭。

隊長原田一臉不悅。

「你這樣只會給我添麻煩。」

「為什麼？」沖田微笑。

「你別來搶功。」

「放心，我絕不礙事。我只會在一旁觀戰。」

那是文久三年十二月三日的事。

原田左之助來到千本通時，將隊員分成三班，一班各三人，埋伏在梅松院住持房舍的廚房後門和大門口，自己則是率領深町新作等兩名隊員，猛然衝進土間。

「我們是新選組的人，奉命前來監查。」

他們拎著長槍，沒脱鞋直接躍上入門台階處。

裡頭馬上有了反應。

拉門突然翻倒。

迎面出現四名浪人，已拔劍在手。個個都瞪大眼睛，皮膚像死人般慘白。不過，當中有個人莫名其妙地自言自語道：

「啐，看來剛才那番話不是騙人的。」

（什麼？）

深町新作矍然一驚。在他們殺進這裡之前，似乎已有人向這群浪人告知新選組來襲的事。

（是誰去通報的？）

不用想也知道。

隊內應該還有另一名長州密探。

站在新作前方，手持長槍的隊長原田，毫不猶豫地一槍貫穿前頭一名朝他撲來的男子身軀。他身旁的阿部十郎手握拿手的短刀，踏步向前，先引對方出招，再俐落地挑起對方長劍，在舉刀的同時，一刀朝對手面門斬落，幾乎快要觸及刀鍔。

剩下兩人逃向廚房後門。

「深町，你在做什麼？」

背後傳來一個沉穩的聲音。轉頭一看，沖田正站在昏暗的土間，嘴裡嚼著野草。

「再不快追，守在後門的同伴會陷入苦戰哦。剛才那兩人似乎是高手。」

「……」

新作衝向廚房後門時，夕陽餘暉正巧射入眼中。北野天神★森林前方已是一片霞紅。

一名浪人逃往大路，原田和另一名同伴正隨後追趕。

「深町，去中庭。」

背後傳來沖田的聲音。

他踹破柴門，繞往中庭，發現三名隊員正在對付一名高大的浪人。

浪人從臉部到右肩血跡斑斑，但仍不願屈服。

但他見沖田和深町趕到，似乎已自知難逃一死。

「走狗，我死也要拿你當墊背。」

他鼓足全力，斬殺前方一名隊員，踩著他的屍體，朝沖田衝了過來。

「深町，讓給你來收拾。」

北野天神：北野天滿宮。

新作微微沉身。

他心無雜念地一劍掃出時，浪人的長劍正好從他頭上掠過。新作重新站起身。浪人的身軀中劍，劍深及骨，就此倒臥他腳下。

（我斬殺他了。）

汗水如雨而下。

（沖田呢？）

當他回身而望時，沖田那清瘦的身影已背向他，消失在柴門對面。

新作望著對方的屍骸，心中感到無比悲哀。此人也許是長州人。

四

數天後，小隊重新編制，新作被編入沖田的第一隊。

直屬伍長，是從第三隊調來的松永主膳。他是甲州浪人，操使鏡心明智流，在這堪稱殺戮集團的新選組內，擁有「斬人主膳」的綽號。

他擅長居合拔刀術，自己更是潛心修練出一套獨特的步法，可一面行走，一面揮劍斬人，不必停步。新作聽說能躲過主膳拔刀術的，隊內不出五人。

主膳的雙眼又深又長，嘴唇細薄，眉毛稀疏。怎麼看都像是個殺人狂。

主膳就像是專為成為新選組隊員而生一般，不僅在市內殺人，只要隊內有人罪該斬首，他一定會向副長土方請求「請務必由我來操刀」。土方似乎也對他很感冒，總是回答他「前些日子才麻煩過你，這次就免了吧。」平均每兩次才同意他一次。

隊內曾有人被指稱是長州的密探，而就此被架往鋪滿白沙的庭院。當然不是要求對方切腹，而是加以斬首。

由主膳操刀。

他一劍斬落，難得竟會失手，一劍斬向後腦的骨頭，受刑者整個仰身向後，發出淒慘的哀嚎。但主膳卻冷靜地以水沾濕刀身說道：

「一刀殺了奸細，太便宜他了。」

第二刀才將對方首級斬下。

不知為何，主膳對新作特別友好。

「沖田先生拜託我特別關照你。」

新作感到心裡發毛。不過，當他聽聞這名男子少年時期曾在竹生島當過寺內侍從時，更是驚訝。

新作自從到竹生島參拜後，似乎便招來了厄運。

也難怪他會這麼想。自從拜過弁財天後，深町新作的人生便就此改變。他得到阿園，兩人私訂終身。接著又因為這個緣分，而由小膳替他與長州藩邸牽線，就此意外成為壬生浪士的一員。但身分卻是密探。弁財天所結的緣，究竟是幸還是不幸呢？

新作對此感到懷疑。因為緣分一波三折，現在扯上一位曾經當過竹生島寺院侍從的男人。而且此人是個行徑瘋狂的怪人，連近藤、土方也為之蹙眉。

（我霉運上身了。）

新作有股不祥預感。他心想，也許竹生島的弁財天賜他的不是庇佑，而是天譴。經這麼一提才想到，可能是因為他在僧房和阿園發生肉體關係，惹來弁財天不悅吧。

某日，新作向松永主膳確認他是否曾待過竹生島。沒想到主膳怫然作色，頷首應道：

「沒錯，我是曾經當過寺院的侍從。」

接著又補上一句：「怎樣嗎？」

他似乎很不喜歡別人知道他過去的經歷。新作感到害怕，噤口不語。

數天後，姐姐派人前來，說她已替新作縫好短外罩，請他來取。

新作徵得隊上同意，回到今熊野後，正巧姐夫吉田掃部也在家。這名年近半百的男人，擔任泉涌寺的坊官★，所以很清楚各家寺院的情形。

「姐夫，竹生島曾經有一位名叫松永主膳的寺院侍從嗎？」

「沒聽說過。」

新作心想，這也難怪，或許問了也是白問。寺院侍從的身分比下人好不到哪裡去，掃部不可能知道。但掃部似乎閒得發慌，開始沒完沒了地談起了竹生島。

根據掃部所言，竹生島信仰堪稱是神佛混淆，領地裡同時有僧人和神官，僧人在寶巖寺供奉祭神弁財天，神官則是將同一尊神靈喚作久志宇賀主，供奉在都久夫須麻神社內。

「你說的松永，可能是寶巖寺的侍從。神社的神官大多姓荒木田。」

「荒木田？」

新作為之一驚。

據說荒木田氏是出自天兒屋神的神族，其嫡系於伊勢大神宮服侍，旁系則是在諸藩擔任神官，而竹生島的都久須麻神社家，這個姓氏的人特別多。

「如果是荒木田這個姓，我們隊上倒是有個叫左馬亮的人。」

坊官：侍奉寺主，處理寺內事務的俗家僧人。可吃肉娶妻，還能配刀。

「他是不是有近江口音？」

「有。」

「那一定是竹生島人。」

這麼一來，他和松永應該都同樣出自竹生島。不過奇怪的是，兩人在隊上似乎相當疏遠，從沒見過兩人一起談笑。

（如果是在那南北長約兩公里的小島上一同度過少年時光，不是感情特別好，便是水火不容，但兩人一副形同陌路的模樣，實在奇怪。）

這天，新作拜託姐姐聯絡阿園，請她到今熊野的坊官宅邸和他見面。

阿園遲了約半個時辰才到。

她將秀髮盤成當時流行的小姓高髻，頭上插著以天鵝絨做成棣棠花形狀的髮簪。

「這麼晚才來。」

新作一見阿園，便覺得慾火中燒，口乾舌燥，但礙於姐夫和姐姐在場，無法將她摟進懷中。

接著他馬上將阿園帶進自己房間。新作一關上門，便欲將阿園撲倒。

「不可以。」

「為什麼？」

「會弄亂髮簪。」

阿園這番話相當掃興。新作正要解開裙褲的帶子，阿園制止了他。

「不可以在這裡做這種事。你家裡的人會來。」

「放心吧。我們的關係就像夫妻一樣，姐姐他們也早就知道了。」

「我有話跟你說。待會兒我也會談到這件事，所以你先坐下來聽我說。」

「又要談雜貨店的事嗎？」

「是的。」

「我都聽膩了。」

「我也說膩了。我們兩人的未來毫無目標，卻還老是見面，我已不想再過這樣的生活了。」

「這就是愛情啊，不是嗎？」

「我不要這樣。請你也站在我的立場替我想想吧。面對這種沒有未來可言的愛情，你會怎麼做？」

「瞧妳把事情說得這麼複雜。愛情就是愛情，哪有什麼未來和過去好說。這樣才是純情的愛啊。」

「你呀……」

阿園流露嘲諷的神情。

「自從加入壬生浪士後，也許世面見得較廣，說起話來世故老練，但你說的是花街柳巷的戀情。我們町人可正經多了。」

「你果然是京都的女人。」

「什麼意思？」

「我現在終於明白，京都的女人就算喜歡，也不會愛上對方。妳雖然喜歡我，卻不會用生命去愛我。」

「只要你不當壬生浪士，改繼承雜貨店，我就會全心愛你。若是我一直這樣和你走下去，日後生了孩子，該怎麼辦？人們會說他是壬生浪士的孩子。這麼一來，我們生的孩子不就太可憐了嗎？」

「……」

壬生浪士在京都雖然令人聞風喪膽，但町人卻都打從心底瞧不起他們。町人擁有上千年的經驗，對權力抱持虛無的態度，更何況是以刀槍耀武揚威的新選組，看在町人眼中，他們不過是沒有心肝的豺狼。

「我不是壬生浪士。我是長州人。」

新作很想這麼說，但他想起吉田稔麿交代過的事，只能沉默。當然了，對阿園來說，就算新作是長州派的浪人，結果一定也一樣。

太陽仍高掛中天。

阿園說完她想說的話之後，被新作壓倒在床上，也不反抗。和室拉門上映照著金松的影子。就阿園而言，與新作之間的肉體關係，並非懷有熱情，而是已變成見面就上床的一種習慣。

阿園闔上眼，任憑新作擺布。不過，當照向和室拉門的陽光突然變暗時，她猛然睜眼，仰望著新作道：

「你最近相貌變了。」

「……」

這時候出聲叫喚的阿園，是何種女人的心思，新作無從得知。

「變成什麼相貌？」

「像是殺過人的相貌。」

（我和她的緣分就這麼盡了嗎？）

他已興致全無，火熱的身軀迅速冷卻。事情辦到一半，他一把推開阿園，將榻榻米上的裙褲一把抓來，伸腳套進褲中。

阿園也尷尬地起身，整理衣衫。當她在整理衣領時，突然停手道：

「不知道這是否就是弁財天賜給我的幸福。」

新作默然無語。阿園也和他有類似的想法，讓人覺得既可笑又無力，外帶一絲悲哀。他心想，男女的感情變質，應該指的就像這樣吧。

五

新作之後多次殺人。每多殺一人，下次殺人便更加輕鬆。一開始只懂得道場劍術的新作，原本很懷疑自己是否能習慣這種刀光劍影的生活，但一旦殺了人之後，便開創出過去未知的另一番境界。這不是本領的提升，而是變了個人。

而且就道場劍術來說，雙方會以千變萬化的手段相互出招，但在真劍對決的場面下，卻是一擊決生死，而且不會遭遇同樣的對手。所以只要練就一招擅長的絕技，要達百人斬亦非難事。在歷經多場廝殺後，他明白在真劍對決的場面下，小絕招根本毫無用武之地。只要大膽踏步向前，迅速揮劍斬擊即可。而且必須將對手當做試刀用的屍體，以氣勢震懾對手，他旋即也從多場廝殺中學會這樣的膽識。阿園說他的相貌變了，確實不假。

在營區的道場裡，隊員們每天都會練劍。

這天，當新作在道場練劍，揮劍反擊同僚時，伍長松永主膳以竹劍戳向他背後，對他說道：

「喂，我們來打一場。」

不得已，新作只好戴上面具與他過招。他還是第一次和這名斬人主膳持竹劍對打。新作一如平時，擺出左上段架勢，氣凝丹田，威喝一聲「喝」。

他打算看準對方出招時，與他展開互擊，於是向前躍出，擊向面部。看是要上挑還是反擊，這中間的動作會因現場的臨機應變而有所不同，但最後都是以擊中面部決勝負。新作因為身材高大，使出這招相當有利，而且考慮到日後真劍對決的情況，他打算盡可能先鍛鍊好攻擊面部的絕招。

松永主膳採中段劍勢。

他擺出這個架勢時，總有雙肩緊繃的習慣，讓人不免心想，有這樣的習慣竟然還能取得劍術證書。

不過，實際展開互擊後，則是主膳略勝一籌。也可能是因為新作將勝敗置之度外，只想擊中對方面部，轉眼已被主膳擊中身體兩次、前臂兩次。

「甘拜下風。」

「還沒完呢。」

面具的縫隙下，那對雙眼炯炯生輝。兩人互擊了半小時之久，主膳也被擊中腦門，兩度差點就此昏厥，但新作的右腋底下也已紅腫，前臂被擊中數次，手腕幾乎已不聽使喚。主膳問道：

「我問你，你為什麼只朝臉部攻擊？」

「就算會輸了比試，但是對我的實戰經驗有幫助。」

「這樣只算是三流劍術。你太不懂得變通了。」

「因為真劍對決時，全力的一擊遠勝招式的變化。如果是一流的劍客倒還另當別論，像我就只能仰賴這個方法。證據就是我也曾兩三度打得松永先生您眼冒金星，不是嗎？」

「臭小子，胡說些什麼！」

主膳忿忿不平地離去。

隔天，發生了一起意外事件。

新作巡邏完市內，返回營區時，發現從壬生前川莊司宅邸中庭的入門踏腳石一帶，一路到庭園中央，灑了整面的沙子。

這裡肯定流過血。有人用沙子清除血漬。看得出流了不少血。

經這麼一提才想到，門邊也灑了沙子，他返回大門一看，果然是血。大門與中庭肯定是不同的人。

向營內的同僚詢問後得知，大門是一般隊員楠小十郎所流的血，依照隊規由原田左之助斬殺，而在同一處地方，御倉伊勢武也被齋藤一斬殺。

「那麼，中庭流的又是誰的血？」

「是荒木田左馬亮。」

「……」

根據目睹的隊員所述，荒木田當時將折凳搬往中庭，叫來一名理髮師替他梳月★代，展現出平時難得一見的歡顏。

荒木田還哼著小曲。隊內一名資深隊員永倉新八走近，朝他喚道：

「嗨，瞧你如此打理門面，今晚要去島原★對吧？」

他就像是受到荒木田的哼唱所引誘，也唱起同樣的小曲來。

「我唱的旋律好像不大對。」

永倉在說話時，悄悄於背後拔出短刀。

月代：傳統日本成年男性的髮型。將前額到頭頂的頭髮全部剃光，露出的頭皮呈半月形。

島原：京都一處花街柳巷。

「永倉兄，要這樣唱才對。」

荒木田開始哼唱，這時，永倉從理髮師右臂的空隙處一刀刺穿荒木田背部。荒木田縱身躍起，短刀還插在背後便要逃逸。永倉緊追在後，橫腰揮出一刀，荒木田仍弓著背，手腳亂揮，最後永倉走了四步，繞至右邊，斬下其首級。斷首處沒流血，據說是因為荒木田腰部中刀，揮動著手腳時便已斷氣。

「他為什麼會被殺？」

沒人知道。

當天傍晚，副長土方公開宣布，眾人這才知道其罪狀。荒木田、楠、御倉，都是長州的密探。

（這就怪了，人數兜不攏。吉田稔麿明明說過，密探只有我和另外一人。）

被斬首的人當中，肯定有兩人是冤死，這麼一來，究竟誰才是真正的密探呢？

（是荒木田嗎？）

新作嗅出這樣的味道。

後來他和小膳見面，驀然靈機一轉，猜她或許會知情。

「有一名密探暴露身分，慘遭殺害。」

「咦！」

小膳大驚失色，這證明她的確知道對方的身分和名字。小膳會被告知密探的名字，足見她在長州的間諜中，地位頗為重要。

「是什麼時候的事？」

「五天前發生的事。」

「啊！」

她轉而露出開朗的神情。看來死者不是那名密探。可能最近他才和小膳見過面，或是小膳得知他曾見過長州的某人，總之，他目前仍健在。

「到底是誰？」

「不能說。你總有一天會知道。」

「對方知道我的存在嗎？」

「知道，因為對方相當資深。對了，阿園總是關在房裡，大門不出，二門不邁，你們小倆口怎麼了嗎？」

「這個嘛……」新作思忖了一會兒：「改天再詳細告訴妳。她好像對我加入壬生浪士頗為不滿。看來，竹生島弁財天並未牽成我倆之間的姻緣。」

「聽你這麼說，好像是我拆散你們倆似的。還是說，弁財天要牽成的不是你和阿園，而是我們倆？」

小膳這名個性陰鬱的女人，難得會輕聲淺笑。新作見她展眉而笑，這才發現她那膚質平平的臉龐下，露出兩排皓齒，相當迷人。

六

元治元年六月，打從初一起便悶熱難當，到了初四，更是暑氣蒸人，京都往年從沒如此炎熱。那天一早，土方約見新作。

走進屋內，不知為何，沖田也在場。土方露出平時罕見的笑容，同新作說話，令他感到心神不寧。

「我老早就想請你幫忙了。」土方說著莫名其妙的話：「河原町四條北方的東邊街角，有家名叫井筒屋的書店，我希望你於今天上午十點左右到店內借張折凳，坐著監視路上的情況。」

「要我監視什麼？」

「一定會有一名男子從你面前通過。從東邊轉進的小巷弄裡，有一家諸藩御用商，名叫桝屋喜右衛門，那名男子應該會從店裡出走才對。你也認得那名男子，他是我們的同志。他要回營區，會先從井筒屋前通過。你要立刻殺了他。請將此視為局長親自下的命令。此外，沖田會隨行擔任見證人。你沒有異議吧？」

新作和沖田就此步出營門。沿著四條通來到東洞院後，市內比平時更加熱鬧。他們這才想到，明天五號是祇園會的宵山祭★。

「哇～」

沖田一臉欣喜。每經過一條街，便會往組裝中的刀鉾山車內窺望，大呼小叫，頻頻嘖舌，眼睛閃耀著光芒，活像個孩子。

他們很快便找到書店井筒屋。它位於土州藩邸的北邊，店內昏暗，正適合用來監視來往行人。店主為他們兩人準備了折凳，但可能是害怕受到波及，早帶著一家人到附近避難去了。

「沖田兄，到底是誰會經過這條大路？」

「你不知道嗎？」沖田用扇子搧著風應道：「是長州的密探。」

「哦。」

新作點著頭，明白血氣正從自己臉上抽離。

宵山祭：正式慶典前一夜舉行的小型慶典。

「雖說是密探，地位可不低呢。位於這條巷弄深處的諸藩御用商枡屋，他們的店主喜右衛門是京都長州密探的老大。當然了，枡屋只是用來矇騙世人的生意，他的本名是古高俊太郎，原本是慈性法親王的家臣，在尊王攘夷的浪士當中，是一號響叮噹的人物。自從長州在京都、大坂失勢後，他便為長州藩擔任諜報和聯絡的工作。」

（古高俊太郎……）

新作從沒聽過這個名字。也許蛸藥師雜貨店的小膳，便是古高的手下。而小膳的手下，正是深町新作。連新選組的沖田都知道古高的名字，新作身為長州密探卻不知曉，這到底是怎麼回事？

（我根本就像螻蟻般微不足道。）

倘若新作是尊王攘夷的志士，也只是唯獨和小膳這個女人有關聯，微不足道的一名志士。他所認識的志士，只有之前在木屋町「丹虎」見過一次面的吉田稔麿。吉田說過，日後總有一天會讓新作在長州任官，但這個男人可以信賴嗎？

（我甚至連古高俊太郎這個名字都沒聽過。）

這對新作而言是很大的打擊。更令他難堪的，是現在即將出現在河原町通這個舞台上的人，雖然和他同樣是長州密探，卻能與古高直接聯繫。新作心裡頗不是滋味。他被刻意疏遠。

（竟敢瞧不起我。）

他感到怒火中燒，然而，當他望向一旁時，發現沖田総司正以他那柔細的雙眸注視著新作。

沖田避開他的視線說道：「真的很有意思。其實我們也是昨天晚上才知道，位於河原町四條北方一條東入的桝屋，其店主喜右衛門就是我們辛苦找尋的古高俊太郎。這是負責調查的山崎蒸等人所立下的功勞。今天一早，我們故意不動聲色，向組內一部分人透露這項傳聞。果不其然，有人立刻離開營區前去通風報信。我們與對方保持一百公尺的距離，隨後尾隨。」

「那個人是誰？」

「你的同伴。」

「咦？」

「不，應該說是你的直屬伍長才對。」

這時，也許是空中的浮雲散盡，大路上陽光普照。

深町新作渾然忘我地站起身。折凳倒地，沖田挺身坐好。新作朝大路衝去。

松永主膳為之一驚，就此駐足。他以左腳跟扭轉身軀，轉身面向來者，當他認出是新作時，旋即伸手按向刀柄。

「怎麼了？」

「沖田在一旁當見證人。我要依隊規斬殺你。」

「就你一個人來取我性命？」

主膳似乎已察知一切。密探總是由密探來收拾。

「就由我來當你的對手吧。興許這會是我最後一次斬人了。」

主膳猛然脫去草鞋，擺出下段劍勢。主膳習慣緊繃的右肩，後方有一座祇園會的山車，高聳入雲。

新作也脫去草鞋，寒刃離鞘，一如往常地緩緩抬起刀尖，左手在上，雙手握刀，擺出上段架勢，定身不動。

當他微微縮短距離時，町人們在主膳背後大叫一聲，四處散逃。一開始，新作以為這是人們看見兩人爭鬥，感到害怕的緣故，但他旋即曉悟自己錯了。

眾多新選組的隊員衝進這條巷弄裡。新作清楚看見原田左之助、齋藤一、永倉新八的身影，連近藤勇也親自駕臨。想必是前來拘捕古高俊太郎。

也可能是守在主膳背後，以防他逃脫。

「深町，」主膳首次以親近的口吻和新作說話：「我們逃不掉了。你看不到自己後面。第三隊就站你身後。」

「你的身後……」

「怎樣？」

「也有。」

新作如此說道時，主膳猛然縮短兩人的距離。他展現出雙手突刺的動作，但新作不予理會，仍想使出面部攻擊。主膳心想，果然如我所料，準備擊向他前臂，此舉替他帶來不幸。只見新作的劍在陽光下陡然翻轉，主膳的右邊身軀，從腋下到腹部被一刀劃破，奔出數步遠後，就此倒臥於井筒屋屋簷下。

想必新作也沒能目睹主膳最後的死狀。就在他斬殺主膳的瞬間，不知為何，他看到了白雲。他往後仰身，山車的長矛尖端映入他眼中。當這些景物旋繞一圈，一切化為黑暗時，沖田総司站在新作的屍身旁，天真無邪地望著山車，很仔細地拭去刀身上的鮮血。

事後檢視兩人的屍體，從主膳懷中搜出古高俊太郎寫給長州久坂玄瑞★一封關於主膳的介紹信，但從新作的屍體中卻查無所獲。只從護身符袋子裡取出一張竹生島弁財天的護身符。

翌日，從古高宅邸裡搜出的連署書，引發了池田屋事變，這當然又是另一個故事。

久坂玄瑞：長州藩尊王攘夷派的核心人物。

池田屋異聞

一

年輕時被稱為針灸店又助的山崎蒸，幾乎都不回他位於高麗橋的老家。終日待在道場。

當時的大坂，順著上町坡而下，在西側一帶有幾家專為城代官邸的眾家臣以及兩町奉行所的與力同心★所設立的武藝道場，町人也會上道場修習武藝。

其中門徒最多的道場，便是位於谷町的鏡心明智流道場，這裡最教人感到不可思議的一點，就是道場內的高手全是町人子弟。

其中尤以又助最為出類拔萃。

「又助的撞飛絕招」非常有名，他總會先擊中對手的臉部、身軀、前臂，最後再將對手撞飛，否則絕不停手。不，光是這樣還不停手，他會發出連地板都為之震動的厲聲呼喝「喝！哈！」以竹劍痛擊倒地的對手。

倘若對手倒地後，仍打算以竹劍抵擋，他便會用足以擊碎腕骨的力道，擊向對方護手。

同心：在與力底下效力，負責庶務、巡警等工作的下級官差。

劍術練習原本就是戴上護甲之類的防具，以竹劍互擊，有一種模擬的鬥技觀。但這名男子練起劍來，卻顯得殘忍凶狠。

感覺就像在殘殺敵人般，連竹劍也變得像凶器。

在進行練習賽時，儘管裁判舉手喝道「勝負已分」，又助還是會再朝對手擊出兩三劍。

此人好勝心極強。

或許應該說，一旦和人決勝負，他便會湧現一股異於常人的鬥爭心，就像要將對手生吞活剝一般。因此，這個男人上場與人比試時，別人就算只是在一旁觀戰，也不會感到痛快，甚至會覺得不寒而慄。

「又助的劍品極差。」

師傅平井德次郎如此評論。

在戰國到江戶初期，或許有這種像殺人狂般的劍客，但到了江戶中期，在劍術已逐漸成為精神象徵的想法下，又助用劍的態度實在教人不敢恭維。

再加上又助年少時曾學過力真流的棒術，所以步法有個習慣，不遵照鏡心明智流絕不雙腳交替前進的步法，而是時而採行走步法，時而採外開步法，步法極為古怪。

也許是這個緣故，儘管他實力已超越代理師傅，師傅卻只授予他中階的劍術證書，未授予奧義真傳的位階。

他在同門之中亦不討喜。

他是個沒有笑臉的男人，不過，他長得十足町人模樣，膚色白淨、鼻梁挺直、唇紅齒白。

他家在船場高麗橋一帶，以「赤壁」的稱號聞名，店名叫做林屋，以針灸為業，病患大多是富商，所以家境富裕。又助是當家五郎左衛門的次子，他父親打算花錢替他買得同心的身分，所以從小就讓他學習武藝。

父親五郎左衛門常說：

「我們家命運乖舛。到你曾祖父那代，一直都是武士，而且身分不凡。」

然而，曾祖父的名字為何，侍奉哪位大名，父親卻絕口不提。就像怕人知道似的。

「爹，曾祖父是叛臣嗎？」

又助曾如此詢問，當時父親臉色大變，對他說道：

「傻瓜。如果是幕府叛臣的子孫，還能靠針灸興盛家業嗎？你的曾祖父是個響叮噹的人物。」

既是如此，大可挑明著說，但父親卻噤口不語。

當又助在平井德次郎的道場取得劍術證書時，德次郎曾說道：「只有又助這個名字，可不大好啊。」

倘若不像武士一樣連名帶姓，在書寫劍術證書的格式時，會教人不知如何下筆。

當時的町人和農民大多沒有姓。

町裡的醫生、演員，會像田中玄庵或市川團十郎這樣，冠上姓氏，但這只是以屋號代替姓氏，他們的戶口名簿上當然沒有姓氏。

所以又助也和醫生、劇作家、演員、俳人、儒學家一樣，另外加上戶口名簿上未正式認可的姓氏。

「那麼，該取什麼姓氏好呢？」

「就算是町人，也有隱藏的姓氏。如果祖先曾經是武士，應該私下會用原來的姓氏。你可回家問你爹。」

又助向五郎左衛門詢問此事。

「爹不能告訴你。不過，遠在戰國時期，我們祖先出身於山城國山崎村。所以你就加上山崎這個姓吧。至於名字，由於我們家源自於嵯峨源氏的家系，就從中取一個字為名吧。」

又助就此取名為山崎蒸。他向師傅告知此事後，師傅流露奇怪的表情。

「不用奧野這個姓嗎？」

「奧野？」

「不願意的話也無妨。想必是你爹不喜歡用這個姓吧。」

師傅似乎知道些什麼。

不只是師傅，道場內的重要人物或許也都知道那令人不悅的姓氏。就是因為知道，才特別討厭山崎蒸。

二

山崎蒸日後遇見與他有宿命關聯的播州鄉士大高忠兵衛，是他取得劍術證書後不久的事。

那天暑氣蒸人。傍晚時分，山崎在難波橋下雇了艘船，飄蕩於土佐堀川上。

他命船夫撒網捕捉小魚，在船上烤魚喝酒。他沒閒錢可以召妓同乘，而且獨自飲酒，很快便喝醉。

當船來到阿波蜂須賀藩的糧倉後門時，河上來了另一艘船，船上笙歌不輟。

船上有五名藝伎，五名武士。

依武士的腔調判斷，應該是長州藩邸的人。船上每個武士都醉得忘了自己的身分，只有一名像是客人的武士，沉穩地端坐原地，面帶微笑。

他那白淨肥胖，宛如福神惠比須般的微笑，看在山崎眼裡，覺得陰森得教人不寒而慄。

（那傢伙是怎麼回事啊。）

他轉頭向船夫說道：

「我們回去吧。」

正當山崎的船擺動船櫓，打算轉向時，船頭不幸地撞向對方的船舷。

「啊！」

在船上跳舞的一名瘦武士大叫一聲。他一陣踉蹌，伸手抓住船緣，船身就此嚴重傾斜。

「喂，町人。」

山崎當然是一身町人的裝扮。為了不讓對方看到他的臉，他背過身去，以手巾蒙臉。當時夜幕已開始籠罩河面。

「過來這邊道歉。」

山崎心想，此人已經喝醉，他向船夫使了個眼色，並悄聲命他快點划走，別理會對方。

然而，那名長州船的船夫因為船上載著武士，也跟著得寸進尺。他以看好戲的心態，把船划向山崎的船邊。

「過來！」

一名武士一把抓住山崎的船緣。

「……」

山崎不予理會，背對著對方，手持筷子將鐵網上的烤魚翻面。

「你耳聾嗎？」

那名長得像惠比須的客人，以扇子制止這名高大的男子。

「你就原諒他吧。雖然天色暗看不清楚，但對方只是個町人，不是嗎？」

「正因為是町人，才不可原諒。」

「算了啦。」

（這聲音聽了真不舒服。）

山崎暗忖。雖然他是為我安撫那名男子，但這樣反而讓人覺得噁心作嘔，很不是滋味。

日後山崎才知道，此人名叫大高忠兵衛。人與人之間的因緣真是巧妙，日後以命相搏的宿敵，打從見面的那一刻起，便留下深刻的印象。

「再不過來，我就把船弄翻。」

對方手中使勁，身船劇烈搖晃。

山崎將筷子插進陶爐中，夾起一塊燒得火紅的炭火，往背後一拋。

那塊炭火直接擊中那名抓住船緣的武士眉間。

「啊！」他大叫一聲，就此鬆手。

山崎的船就此重獲自由，但滿腔怒火並未平息。他命船夫在蜂須賀岸邊停靠，手握竹竿，躍上石牆。

「要打架的話，我奉陪。」

所幸當時天色昏暗，看不見他蒙面的臉。

長州船上的人想必當他只是在唬人。他們搖搖晃晃靠向岸邊，一人猛然拔刀跳上岸。

那名男子正欲衝上石階時，山崎順著他的衝勢，一竿從旁邊揮去，擊中他的面門。

似乎打斷了對方的鼻梁。男子一聲不哼地跌落水中。

山崎的棒術頗為拿手。

男子落水的同時，山崎手中四公尺長的竹竿在空中翻轉，不讓那名落水的男子有機會浮出水面喘氣，直直戳向他背後，並用力操控竹竿尾端，讓男子無法浮出水面。

不知道他對竹竿使了什麼絕技，只見那名男子就像被竹竿前端給吸住似地，在水底不斷掙扎，過不了多久，他四肢垂放、兩眼無神地浮出水面。

「他死了。」

正當眾人大呼小叫時，山崎已沿著蜂須賀宅邸白牆之間的小路逃之夭夭。

當然了，他並未殺了對方。只是以竹竿前端擊中男子側腹的要害。平日總是不肯輕易饒過對手的山崎，今日沒殺了對方，可說是大發慈悲。

隔天發生了一件事，令山崎嚇得差點喘不過氣來。那名從旁勸架的男子——大高忠兵衛——竟然來到道場。

（難道是事跡敗露？）

他如此暗忖，但事實並非如此。忠兵衛是道場主人平井德次郎的客人。

此人似乎是位身分不凡的名士，道場主人很客氣地招呼他，近乎卑躬屈膝，而且還在道場內召集主要門徒，向他們介紹。

「這位是著名的武具師。」

師傅介紹道。

據師傅所言，這位武具師是受大坂城代松平伯耆守之招聘，遠從播州而來，為城代官邸的座上佳賓。忠兵衛以賓客的身分，替伯耆守設計武具，另一方面，他似乎也常出入於諸藩藩邸，備受尊崇。昨天的長州武士，想必也是因為這個緣故而設宴款待他。

師傅之所以用如此恭敬的態度接待他，一來也是因為城代對忠兵衛持賓師之禮，但似乎並不只是這樣。

不過區區一名鄉士罷了。

而且還是名武具師。就算擁有製作武具的技術，也沒道理如此備受尊崇。

對於大高忠兵衛到這座道場來的原因，師傅解釋道：

「大高先生曾向其藩國的河北源藏先生修習與本派同流之劍術。他認為在大坂這段時間，劍術絕不能退步，所以會常上我們的道場練習。爾後，他在道場上的身分等同代理師傅，希望各位多多請他賜教。」

當時忠兵衛笑咪咪地端坐一旁，旋即高傲地向在場眾人行了一禮。

（他到底是什麼來歷？）

山崎摸不清他的底細。

忠兵衛每天上道場報到。

師傅說他的身分等同代理師傅，果然劍技不凡。

道場內有兩位盡得師傅真傳的資深門徒，擔任代理師傅一職，忠兵衛的實力與他們相當，甚至還在其上。

（和我相比不知道怎樣？）

小心翼翼地觀看忠兵衛練劍的模樣，成了山崎每天必做的功課。

奇怪的是，師傅平井德次郎唯獨不讓山崎蒸與忠兵衛練劍過招。

「希望你別和大高先生練劍。」師傅如此吩咐。

山崎詢問原因，平井德次郎露出做作而又不自然的微笑，向他安撫道：

「原因你自己應該也很清楚吧。」

（難道師傅知道之前那場打鬥的事？）

山崎當下有這種感覺，但旋即又改變想法。從師傅安撫他的口吻來看，又不太像知情的模樣。

（總之，這傢伙看了真不舒服。）

這念頭造成決定性的影響，是從他知道這男人是個花花公子之後。

雖說是花花公子，但或許只是山崎個人心證下的偏見。

總之，道場後面有好幾座大型酒藏，當中有僅容一人通行的狗道。

因為是沒利用價值的空地，只有狗會通過此處，所以人們才如此稱呼，但山崎卻在這昏暗的空地撞見忠兵衛。

這男人竟然挑上師傅的女兒，與她單獨在此交談。當然了，兩人也許不是在此幽會，只要加以細問，也許便會得知兩人只是恰巧遇見。

但師傅的女兒小春神色有異，在忠兵衛面前總是故作媚態，教人看了肉麻。

山崎曾暗戀小春，但小春從未在父親的門徒面前露過笑臉。對町人出身的山崎等人，更是冷若冰霜，有時在道場內外擦身而過，就算山崎主動與她打招呼，她也大多低頭走過，裝沒瞧見。

當山崎撞見他們兩人站在前方，幾欲胸貼著胸交談時，他刻意快步朝兩人走近。

小春神情狼狽地往前方走遠，忠兵衛則是像平時一樣沉著，神色自若地朝山崎露出滿臉肥油的微笑。

「原來是你啊。」

他沒有要替這場幽會辯解的意思。他若不是對自己充滿自信，就是太過粗枝大葉。

當然了，山崎畢竟是日後成為新選組副長助勤的男人，他並未說出「不好意思，壞了你們的好事」這類的粗俗言語，他只是默默行了一禮，打算就此通過。

「等一下。」

忠兵衛喚住他。

「有什麼事嗎？」

山崎轉頭，忠兵衛笑咪咪地說道：

「聽說你是這座道場的第一把交椅。希望有機會向你討教。」

「哪裡，我還差得遠呢。」

「你太謙虛了。看你的眼神、謹慎的步法，都不像是尋常人物。當一名町人可惜了。」

忠兵衛一面說，一面站在山崎右側，與他並肩走了五、六步，接著突然說道：

「你知道嗎？那個男人死了。」

（他早看穿了。）

當山崎意識到這點時，手無寸鐵的他，馬上伸手探向忠兵衛腰間的佩刀。忠兵衛為之一驚，抓住他的手。

「你這個人還真是絲毫大意不得呢。我們交手的地方不該是這種狗道，應該是道場才對。」

「沒錯，不該在狗道。」山崎也瞪視著忠兵衛應道：「幽會的地點，也應該還在幽會茶店才對。」

「日後有機會，再告訴我哪裡有茶店吧。」

忠兵衛顯得氣定神閒。

不知為何，他的眼神對山崎充滿輕蔑，山崎不知該用什麼話語來反擊對手傲慢的態度。

（總有一天，我會殺了他。）

他在心底打定主意。

山崎只擔心那名死在他手中的男子家人會上門尋仇。

不過，他擔心的事一直沒發生。肯定是忠兵衛沒告訴長州藩邸的人，凶手就是平井道場的山崎蒸。

還是說，死者家屬害怕被撤除原有的武士身分，全都當他是死於意外？這也是有可能的事。堂堂三十六萬石的毛利家，底下的藩士被一名町人用竹竿溺死在水裡，還讓凶手就此逃逸，連那些在一旁目睹的同僚，也不可能安然無事。

且說，忠兵衛曾說過「希望有機會向你討教」，雖然事後過不了三天，他又出現在道場內，但他還是一樣沒理會山崎。可能是因為某種原因，被師傅勸阻。

（也不知道師傅在打什麼主意。）

正當他如此思忖時，忠兵衛突然沒了蹤影。

據道場的同伴所述，由於伯耆守武具一事已處理完畢，忠兵衛就此返回京都。

日後山崎才得知忠兵衛的真實身分。不過嚴格說來，得知忠兵衛的真實身分，也等同了解山崎自身的真實身分。

三

這是件令人驚訝的事。文久三年晚秋，山崎加入新選組，所以返回許久未歸的高麗橋老家通報此事。沒想到父親五郎左衛門向他問道：

「聽說有位名氣響亮的武具師上你們的道場是吧？」

「他已經走了。回京都去了。」

父親鬆了口氣道：「哦，人已經不在大坂啦？」但似乎還是感到不安。

「他好像是播州人是吧？」
「沒錯。」
「是個什麼樣的人？」
山崎詳細地道出原委。父親聽著聽著，臉色一沉，語帶不悅地說道：
「那個人是赤穗四十七義士之一的大高源吾忠雄的子孫。」
那已是多年前的事。是距今一百六十年前的元祿十五年，赤穗浪士闖入吉良宅邸殺敵報仇的事件。
義士的遺孤，包括首領大石內藏助的二男吉千代在內，共十九人，幕府站在法律的立場，分別將他們流放外島，或是交付親屬管束，不過，六年後的寶永六年正月，他們全部獲得赦免。
義士的遺孤或親人開始廣受歡迎，是那之後的事。諸藩爭相延攬為藩士。
大高源吾沒有兒子，但播州揖保郡的鄉士大高氏是他的親戚，他們大高一族在源吾死後為他立了一位養子，繼承香火，而他的「子孫」正是大高忠兵衛一家。
因此，忠兵衛一家身為義士之後，在播州頗有人望，甚至連在揖保郡林田領有一萬石俸祿的小大名建部家，也從大高家延攬一人納為藩士（此人就是會在後面故事中登場的林田藩士大高又次郎重秋）。

忠兵衛常說：「在下為赤穗義士大高源吾之曾孫。」所以在諸藩武士間備受尊崇，超脫鄉士、武具師的身分，連大名也常將他迎為座上佳賓，聽他講述家傳的義士美談。

（原來如此。就是有這一層關係，他才會如此傲慢。）

說到赤穗義士的家系，這對武家而言，可是威名遠播的名門。再加上大高源吾有不少豪氣干雲的逸聞，在說書人的義士個人傳記中頗受歡迎，所以世人對待忠兵衛，猶如親眼拜見源吾一般尊敬，而忠兵衛也當自己是源吾，舉止高傲。

（真是個討厭的傢伙。）

山崎明白這樣的因果後，更加無法忍受他的妄自尊大。

且說，山崎蒸加入京都的新選組，是文久三年歲末的事。

新選組於該年三月成立，局長芹澤鴨則是於九月遭近藤等人殺害。之後擁有隊上主導權的近藤，認為有必要立即增募隊員，於是四處在京都、大坂的劍術道場宣傳召募。

他們也來到山崎的道場。

——能成為武士。

這句話魅力無窮。

山崎決定前往應試，他改為一身武士裝扮，前往京都的壬生營區拜訪近藤勇、土方歲三，讓他們見識自己的劍術證書和劍技。

「山崎兄，讓我們一起為國家努力吧。」

他甚至還和近藤握過手。幾天後，他於元治元年正月暫時返回大坂。

山崎上道場向師傅問安時，不巧師傅剛好外出。

「您要在這裡等嗎？」師傅的女兒一臉冷淡地說道。

「那我就在這裡等吧。因為不知日後是否還有機會見面。」

他並未被領往屋內客廳，而是一樣待在道場木板地的角落。

（我現在已不是以前的身分。）

雖然心裡老大不高興，還是得坐著等候。身體幾欲因寒氣而凍僵。

當時大高忠兵衛正巧在屋內的客廳，與山崎當真是冤家路窄。

忠兵衛誤會山崎的來意。

「他可能是來查探消息。」

他對小春如此說道。

與數月前相比，如今兩人的立場已完全改變。

山崎雖是新人，終究還是新選組隊員。

另一方面，大高忠兵衛——此事山崎並不知情——與堂哥林田藩士大高又次郎重秋，老早便與長州激進的尊王攘夷派人士往來密切，一面以武具師的身分接受諸藩的邀約，一面說服諸藩的有力人士，讓藩內意見傾向反幕攘夷，為此四處奔走。

但八月時發生一場變動。

之前在京都政局占有主導地位的激進攘夷派長州藩，因八月十八日的政變，一夜之間地位一落千丈，長州軍就此帶著長州派的七名公卿，返回長州藩。

之後長州被幕府視為朝敵（朝廷敵人），不久，長州在京都、江戶、大坂等地的藩邸也遭沒收，而潛入京都、大坂的長州志士，則是陸續被新選組、見迴組毫不留情地斬殺，陷入窘境。長州在京都負責斡旋的桂小五郎，假扮成乞丐潛入京都，也是在這個時期。

大高忠兵衛也屬於長州派的浪士集團，自然成為被追殺的目標。山崎造訪谷町道場時，他正好逃離京都，藏匿在道場內。

——他可能是來查探消息。

也難怪忠兵衛會這麼想。

但山崎對此一無所悉。

他在木板地上跪坐了半個時辰，最後終於忍受不了寒冷，站起身。

（為什麼不請我進客廳！）

怒氣令他心情鬱悶難消。由於身體冰冷，突然興起一股尿意。

山崎知道後院的露天處有一間廁所，客廳則有兩間。門人不得使用客廳的廁所，是當時劍術道場的規定。

（不過，我現在身分不同以往。我是會津中將大人旗下的浪士，應該可以大方的上廁所才對。）

山崎從道場一腳踏進通往客廳的簡陋走廊。

忠兵衛在房內客廳察覺出動靜，向小春道：

「果然沒錯。他是來查探的。」

「您快逃吧……」

「逃也沒用。既然他隻身前來查探，想必圍牆外有人把守。既然逃不掉，那就乾脆殺了他，血祭攘夷的軍神吧。」

乍看沉穩的大高忠兵衛，這幾個月來冒著生命危險四處躲藏，所以此刻神經相當緊繃。否則以他的個性，絕不會輕易說要揮刀殺人。

忠兵衛看見山崎走入廁所，於是也悄聲走過走廊，擺出居合拔刀術的架勢，藏身在廁所門口。

（咦……）

山崎覺得奇怪。他聽見門外傳來刀子微微離鞘的聲音。

山崎為了不讓門外的人察覺，一面發出小便的聲音，一面緩緩拔出短刀，同時揚起右腳。

他猛然踹開廁所的門。

「啊！」

這時揮劍攻擊的，是忠兵衛。山崎立刻閃身避讓，但右胸微微被劃傷皮肉。血染紅了他的白色衣襟。

「是你，忠兵衛……」

他快步移向走廊。已持劍在手。

「忠兵衛，你這是什麼意思？」

「少裝蒜了，你這個走狗。」

忠兵衛眼角上挑，與平時氣定神閒的態度截然不同，宛如換了個人似的。

「喝！」

他剛猛地一劍刺來，山崎全神貫注地將來劍掃開。

鐵粉四散。山崎還是第一次與人持真劍對決。

忠兵衛迅速擺回青眼★的架勢，山崎則是持下段劍勢，並向忠兵衛問道：

「你這到底是什麼意思？」

「你是不會懂的。山崎，不，應該稱你是奧野將監★的後代。血緣是不容否認的事實。你非但不懂義理為何，甚至還想傷害憂國憂民的熱血志士。血緣果然是無從否認的事實啊。」

（他認錯人了。我和奧野將監根本就沒任何關係。）

這時，忠兵衛的劍尖不住搖晃，這動作正是一刀流所謂的「鶺鴒尾」。

山崎想在忠兵衛出招前先行攻擊，猛然踏步向前，沒想到這時右方的拉門突然開啟。

說時遲，那時快，一個桐木製的火盆朝山崎臉部飛來。

是師父的女兒小春。當山崎為之卻步時，忠兵衛踏步向前。山崎向後躍開，又一個器具朝他飛來。忠兵衛立刻又踏步向前，就在這樣的情況下，山崎最後躍下庭院，頭也不回地逃離。師傅的女兒以尖銳的聲音朝他背後喊道：

「可惡的密探——」

（為什麼我得受那個女人和忠兵衛這樣的對待！）

淚水從山崎臉上滑落。

青眼：中段架勢，劍尖對準對方眼睛。

奧野將監：原本是大石內藏助的盟友，是他的得力右手，但在決定向吉良報仇後便脫離同盟。

四

山崎蒸入隊後，僅短短幾個月便被拔擢為副長助勤（相當於中隊長），並身兼監察、調查的職務，在隊內出人頭地，堪稱特例。

關於山崎蒸受到重用的原因，昭和三年，子母澤寬採訪八木為三郎★老先生時，曾問他昔日的事跡，記錄了當時的訪談。

——山崎和林家當然都是大坂出身，而且是生意人，嫻熟地方事務，對大財主之間的事情也知之甚詳。

套用現在的說法，就像對大坂財經界的消息很靈通一樣，所以隊上需要用錢時，幹部都會在他的安排下前往大坂。

——不知道他們去了之後，帶多少錢回來，不過，我常聽山崎對家父說：「又要去大坂大賺一筆了。」一般隊員也說：「山崎助勤就像是出生在大坂的金庫裡。他總是有好辦法。」有人說山崎之所以能在隊上出人頭地，只因為他懂得引介富豪。當時他年

三郎：其父為前面曾提及的八木源之丞，他是壬生村的鄉士，八木家曾提供給新選組當營區，芹澤鴨便是在八木家遭殺害。

約三十二、三歲，體格魁梧，膚色黝黑，少言寡語。

山崎不是個才子。

在新選組內，才子型男人幾乎都死在近藤和土方手中，副長山南敬助、伊東甲子太郎就是個好例子。反之，帶點鄉下人味道、個性耿直的人，則深受近藤重用。近藤本身也是個農民型男人，因此，與其說他討厭都會型才子，毋寧說他害怕。

山崎雖在大坂出生長大，卻是個帶有土味的男人，近藤相當疼愛他，常「山崎老弟、山崎老弟」地叫他。

山崎也從沒想過，像自己這種個性陰鬱的人，竟然也會有人欣賞，所以只要是為了近藤，他連命都可以不要。

山崎常南下大坂。

當然是為了籌措隊費。

與其說山崎在大坂富商之間人面廣，不如說富商的主人、家人、掌櫃，許多都是他老家「赤壁」的患者，所以衝著赤壁家少爺這個面子，他得以自由進出於鴻池、天王寺屋、飯野等富商家中。

話說，在山崎前往京都這段時間，老家「赤壁」的父親過世，改由兄長繼承父親五郎左衛門的名號，替患者治病。

某日，山崎南下大坂時，向兄長詢問：「奧野將監這個人，是赤壁的患者嗎？」

兄長聞言後臉色慘白，向他反問：「這事不可告訴別人。你是在哪兒聽到的？」

於是山崎道出大高忠兵衛那件事，兄長一副了悟的神情，對山崎說道：

「我就告訴你吧。」

奧野將監並非存在於現今的人物。

一百數十年前，他在播州赤穗藩擔任番頭，俸祿千石，是淺野家的重臣，地位僅次於大石內藏助、大野九郎兵衛。

藩主家斷絕後，他與內藏助一同行動，也一同成為浪士，中途卻突然變節，失去下落。他在逃離時，曾被同志橫川勘平押住，經一再追問，他才說出心裡的想法：「不論別人再怎麼辱罵我，說我豬狗不如，我還是不願這樣悲慘地死去。」

說完後，便行蹤成謎。

「這就是我們的曾祖父。」兄長說。

將監帶著家人流落各地，晚年易名化身為針灸師，長住大坂，這便是「赤壁」的由來。

淺野家遭撤藩後，參加復仇計畫的四十七名義士以外的三百多名家臣，日後的下場極為淒慘。一旦被人得知他們原本是赤穗藩士，便會遭受嚴厲譴責。
——竟然沒參與義行，真是豬狗不如。
附近的商人甚至不願賣他們米和味噌，此事時有所聞。
他們全都無法出仕任官，只能改名換姓，隱瞞自己的出生地，隱居他處。他們害怕被人得知自己的身分，就連對子孫也不肯透露自己是赤穗藩出身。
「因為這個緣故。」
兄長五郎左衛門說道。
「連爹也沒告訴我這件事。他只在臨終時對我說，我們的祖先是赤穗的奧野將監，此事千萬不能告訴他人，也別對又助說。不過，爹似乎深信他成功瞞過了世人，但其實人們早已察覺。我小時候便曾聽別人提起此事，這就是證據。你的劍術師傅平井德次郎先生，就很清楚這件事。」
「原來如此。」
經這麼一提，山崎終於明白師傅過去那令人納悶的言行和顧慮了。例如先前師傅一直不讓他和大高忠兵衛上場比試，想必是不想讓它成為一場洩恨的決鬥。而在取姓時，師傅也曾說「你應該有隱藏的姓氏吧？」肯定指的便是這件事。不過，師傅對人沒有偏愛，也時常關照山崎。

但他女兒就不同了。這些年來，她總是露骨地展現對山崎的鄙夷，還曾經袒護忠兵衛，朝他丟火盆，這都是她無知的正義感使然。

「我明白了。」

山崎臉色蒼白地點了點頭，儘管明白了身世，卻也無力改變什麼。

「我該怎麼做才好？」

「別把這件事說出去就行了。那個叫大高忠兵衛的人，是大高源吾的曾孫，所以在尊王攘夷的浪人中頗受推崇。相反的，如果你在隊內讓人知道你是奧野將監的曾孫，恐會惹人白眼。千萬別洩露這個秘密。」

「我不會的。」

山崎頷首。不僅不能洩露這個秘密，還得比別人更勇猛才行。不，光是勇猛還不夠，不論發生何事，都絕不能背棄新選組的結盟。這正是他對世人的冷峻眼光所展開的全力復仇。

（我要讓你們知道，我山崎蒸是個鐵錚錚的漢子。）

山崎如此告訴自己。

五

從那之後，山崎不斷在京都的市街裡殺人。

殺人是新選組的隊務。不論哪個隊員，都不像山崎那般全力投入隊務。

他不光是斬殺浪士，還擔任監察、調查的職務，全力調查隊內違紀犯法之事，若有隊員對近藤懷有反叛之心，他馬上會調查舉發。

不過，在山崎蒸的工作中，最驚人的一次表現，就屬元治元年六月的池田屋事變。

池田屋事變，並非是突然發生的事，而是早在一個月前，便已有動盪的傳聞在京都市內耳語。

——長州將奪走天子，在萩或是山口設置行宮，一舉讓政情轉為支持尊王攘夷。

據說有假扮成各種模樣的長州人或是長州派浪士潛入京都。

京都守護職松平容保接獲上述消息後，將近藤和土方找來，下令「嚴密搜捕」。對新選組而言，這是追求功名的大好機會。

負責調查的隊員，全部變裝，分散市內各地。

山崎假扮成藥商。

他費了好大一番工夫，先是在大坂天滿的船屋旅館投宿，採買高額的藥品，和船屋旅館的老闆混熟，接著請他寫一封介紹信，給在京都三條小橋經營旅館的池田屋惣兵衛，內容大致是「這是一位重要的客人，請多關照。」

池田屋不疑有他，特地為山崎準備了一間客房。

山崎之所以鎖定池田屋，是因為所司代★的官差已調查得知，近來頻頻有像是諸藩浪士的男子在這家旅館進出。

山崎每天出外販售大坂藥品，採購京都藥品，所以旅館的人對他相當放心，就連投宿的尊王攘夷浪士也對他解除了戒心，甚至有人還跟他開玩笑道：「賣藥的，賺了不少錢吧？」山崎原本就是大坂的町人出身，所以扮起來得心應手，他輕鬆地應道：「才沒有呢。京都的商人很重利潤，原本在江戶、大坂一天就能搞定的生意，在這裡卻得談上十天才有結果。白花了不少住宿費，真是不划算啊。」

任誰也沒想到，這名商人竟然是新選組的軍官（助勤）。

山崎每天面對這些進進出出的浪人，將他們的人數、言行、所屬藩國，全寫在紙片上，扔往窗外。屋簷下總躺著一名乞丐，他是所司代的同心渡邊幸右衛門。幸右衛門帶著紙片前往三條大橋下。新選組負責調查工作的川崎勝司假扮成女乞丐，躺在橋

所司代：京都所司代，江戶時代負責維護京都治安的部門。

下，夜裡再將紙片送往壬生。這就是新選組的布局。

然而，就在六月的某日，一名膚色白淨、身材肥胖的男子，從山崎敞開拉門的房間前走過，朝玄關而去。

（大高忠兵衛——）

分不清是憤怒還是不悅的異常情緒，令這名新選組隊員內心戰慄。

這天，山崎尾隨在大高身後，得知他藏身四條小橋西側北方的一戶人家，忠兵衛還趁夜裡悄悄穿出小路，行經西木屋町，從巷弄裡轉往西行。小巷中央有一家舊道具店，掛著寫有「桝屋」的屋簷燈。忠兵衛環顧四周，確認沒人跟蹤後，輕敲一旁的小門。不久，小門開啟，忠兵衛消失於門前。

（好臭。）

山崎直覺古怪，翌晨，他詢問町內的官差，得知桝屋確實有股怪味。桝屋喜右衛門是諸藩邸的御用商人，據說去年當家的過世後，一家人也全都亡故。

然而，今年卻有人住進桝屋，自稱是「喜右衛門的親戚」，又開始和以前一樣做起買賣。奇怪的是，此人的長相與住在堺町丸太町的古高俊太郎（毘沙門堂寺主的家臣）一模一樣。

（這裡就是他們的巢穴是吧？）

山崎火速趕回壬生，向近藤稟報。那天是六月四日。

日暮時分，近藤親自指揮二十多人急襲桝屋，逮捕古高，取得為數龐大的武器彈藥和尊王攘夷浪士間往來的書信，再經過一番嚴刑拷打，得知驚人的事實。

——他們將在六月二十日左右，挑選強風之夜，於皇居四方縱火，斬殺進宮參見的守護職會津中將，以他血祭軍神，並將天子移駕長州。

信中提到，會在六月五日於三條小橋的池田屋事先討論此事。

「山崎老弟，幹得好。」

近藤雀躍不已。

「接下來，在我們殺進去之前，希望你能繼續在池田屋監視。」

山崎回到旅館。他已在藥箱裡暗藏長短刀、鎖子甲，打算在主隊殺進這裡時，一同殺進樓上和樓下。

（我一定要斬了忠兵衛。）

山崎暗下決心。

諷刺的是，山崎被指派的任務，與元祿時代為主報仇的大高源吾一模一樣。源吾奉盟主內藏助之命，自稱是京都的布匹商新兵衛，暗中四處打聽，最後終於查出，元祿十五年十二月十四日，在吉良宅邸會舉辦一場尾牙茶會，上野介一定會在屋內，這正是殺敵報仇的好時機。而山崎和他唯一的不同點，就只是在小道具上略有差異，將布匹改成了藥品而已。

元治元年六月五日，山崎在池田屋的客房裡等待時間到來時，天色已暗。這天是祇園祭的宵山祭，日落西山後，四條通周邊各個市街的山車都點亮了燈，祇園樂曲響徹雲霄。

黃昏時分，一群像是脫藩浪人的武士混在人潮中，陸續往池田屋聚集。人數約二十人。從模樣來看，個個在尊王攘夷的長州派中都絕非泛泛之輩。最後大高忠兵衛趕到，從土間喚來池田屋老闆惣兵衛，命令他「把門關上」。

（來了！）

正當山崎如此暗忖時，大高忠兵衛的腳步聲走上樓梯，消失於二樓。所有人全往二樓聚集。

天氣悶熱。山崎所在的一樓，早已打開遮雨窗，儘管屏息不動，還是汗如雨下，從胸前流向心窩。

這時，近藤已在池田屋周邊的町會所聚集隊員，並聯絡過會津藩兵，等候他們到來，但眼看市街內的慶典樂曲已陸續停止，卻遲遲不見來人。

也難怪近藤會等候會津藩兵的支援。由於隊內有不少人掛病號，所以今晚新選組僅出動三十人的兵力。

隊員分成兩隊，一隊二十人，由土方歲三指揮，前往木屋町三條上的四國屋十兵衛，近藤手中只有十人。

「十個人有辦法殺敵嗎？不，不是十人。大門和後門需要五人把守，所以衝鋒殺敵的只有五人。五人有辦法殺敵嗎？」

近藤頻頻思考這個問題，最後他決定詢問心腹沖田総司的看法。他似乎打算聽過他的意見後，再拿定主意。

「這我不知道。」

沖田還是老樣子，露出他那晶瑩剔透的皓齒說道。

「當年赤穗浪士殺敵時，有四十六人，但敵人只有一個。從這點來看，我們只有五個人，該怎麼說呢。」

「……」

近藤臉色一沉，靜默不語。

亥時（晚上十點）已到。

會津兵還是沒來。根據會津方面的通報，他們會動員一千五百名藩兵，此外再加上所司代、一橋、彥根、加賀等士兵，會有三千人將池田屋團團包圍。但不知是哪裡出了差池，眼下連一盞燈籠、一根火把的燈影都沒瞧見。

「沒法子了。再這樣枯等下去，會讓這尾大魚給逃了。」

近藤站起身。若說他是萬夫莫敵的勇者，這時候他下的決策，正是最好的證明。

「各位，我們就這樣殺進去吧。」

「好啊。」

沖田頷首。沖田那孩子氣的微笑與平時無異，讓隊員感到莫名的平靜。

一行人就這樣在夜裡的市街上疾奔。

來到池田屋的屋簷下時，近藤命原田左之助、谷三十郎等人守住出口。

「負責衝鋒的是……」

近藤朝人選努了努下巴。

分別是沖田総司、藤堂平助、永倉新八、近藤周平，還有他自己。除了養子周平外，個個都是隊內首屈一指的劍客。他們全都身穿新選組的短外罩，別著淺黃底色的段染袖印★。

近藤隔著遮雨窗低聲輕喚。

早已守在裡頭的山崎，拆下小門的橫閂，引隊員進入，並告訴他們：

「浪人共有二十多人，全都在二樓。」

袖印：是為了在戰場上分辨敵我，別在衣袖上的布條。

「辛苦你了。——老闆！」

近藤喚道。

「我們是會津中將大人麾下的新選組。奉大人之命，前來盤查。」

話聲未歇，已從土間躍上地板，再從地板衝上樓梯，往上甫衝出五、六階，便已拔刀在手。這時他手中的佩刀，是長二尺三寸五分的虎徹。

沖田、永倉緊隨其後。

率先衝上二樓的近藤，一遇見不經意走出的土佐脱藩浪士北添佶磨，便迎面一刀斬落。

「哇！」

倒地的聲音令盤腿坐在包廂內喝酒的浪士紛紛起身。

「各位，好像是壬生那班人來了。」

長州的吉田稔麿冷靜地拔刀，拋下刀鞘。甫拔刀，新選組副長助勤藤堂平助已衝進房內，吉田急忙將他的突刺掃向一旁，再一刀掃向其護手，最後踏步向前，使出上段架勢，鼓足全力，一刀朝藤堂臉部斬落。

但藤堂只是倒地，並未喪命。因為他頭上戴著護額。吉田正想朝其胯下斬落時，副長助勤永倉新八朝其身軀一劍掃來。這時，肥後浪士宮部鼎藏從背後猛然揮劍斬向永倉後頸，但刀鋒擊中永倉的鎖子甲，未傷及皮肉。

現場一陣亂鬥。

浪士揮舞著白刃，從樓梯滾落，想從一樓逃向庭院，奔向大路。

山崎早已拔刀守在一樓。第一個滾落樓梯的是肥後的宮部鼎藏，他突然拔出短刀射向山崎。山崎在千鈞一髮之際避開，這時，宮部以大刀刺向自己腹中，刀尖直透後背，就此倒臥土間斷氣。

接著是長州的杉山松助，化為屍體滾落樓梯，大高忠兵衛和他的屍體疊在一起往下跌落。

「大高忠兵衛。」

山崎向他喚道，倒地的忠兵衛直接以當時的姿勢一刀掃向山崎小腿，山崎避開後，忠兵衛站起身說道：

「哦，原來是奧野將監的曾孫啊。」

山崎不發一語，欺身向前。忠兵衛立刻擊向他護手，山崎以刀鍔抵擋，一舉將劍彈開。

「真是奇妙的緣分啊，忠兵衛。」

「你說的緣分，是指赤穗的因緣嗎？」

「膽怯的將監，他的曾孫今日將斬殺你這個自稱是義士子孫，四處招搖的傢伙。衝鋒殺敵或許是你家傳的本事，但你今晚無法如願。」

「你這個畜牲的子孫，說什麼大話。」

山崎聽聞這聲痛罵，登時因憤怒而眼前發黑。

他渾然忘我地縱身一躍。之後發生的事，他怎樣也想不起來，只記得自己好像多次砍中上門框、樓梯、屋柱，最後當他回過神來，忠兵衛已從他眼前消失。

（被他跑了嗎？）

他正欲奔向庭院時，一名男子猛然從樓梯後收納座燈的房間衝出，大喝一聲「混帳傢伙！」一刀砍向他背部。所幸砍中鎖子甲，沒要了他的命，但山崎因為挨了這記重擊，向前撲倒，哇的一聲，嘔出腹中穢物。

山崎舉刀朝頭頂一陣亂揮，同時將喉頭湧出的穢物再次嚥回腹中，但背後露出破綻，又挨了一記幾欲令肩胛骨斷裂的重擊。

（不妙！）

他弓著背，打算逃離。背後的男子接著又朝他腰部使出一記車斬★。山崎中劍，差點就此倒臥，但因為身上穿了鎖子甲，幸無大礙。總之，眼下只有想辦法擺脫背後這名男子。正當山崎往前踉蹌欲倒時，他聽見對方說道：「畜牲之子，想逃是吧！」猛然

車斬：朝腰部斜砍的刀法。

察覺對方正是忠兵衛，山崎就此展現奇蹟的劍術。

只見山崎踉蹌的雙腳陡然翻轉，也沒擺出任何架勢，便一劍砍向忠兵衛那頂著顆碩大腦袋的頸項，忠兵衛慘叫一聲，腦袋垂向右邊，只留下脖子上一層皮，倒地時還隨手揮出一劍。山崎發狂似地，以白刃狂斬對方的屍骸，渾然忘我地叫喊著：「將監大人，您看！」

山崎當時為何這麼說，筆者也無從明白他的心境。

在不明就裡的情況下，寫下這個故事。

鴨川錢取橋

二

狛野千歲遭人斬殺。

據說他是心形刀流的高手。自出羽庄內脫藩，為新選組第五隊的一般隊員，是在池田屋事變後才加入新選組。斬殺的地點為清水產寧坂。據說當時月亮才剛升起，巡警發現屍體，是酉時八刻（晚上七點）的事。

那是個天寒地凍的夜晚，太陽甫落西山，橋上便已微微凝霜。鮮血融解冰霜，流了一地。

接獲巡警通報的官差大為震驚，連忙稟報奉行所，接著奉行所又向不動堂村的新選組營區通報。與發現屍體已時隔一個時辰之久。

「狛野遭人斬殺？」

山崎大感驚訝。

監察山崎蒸正好是當月的輪值。（這個部門又稱浪士調查役，與戰鬥部隊分屬不同體系，直屬近藤、土方管轄。由助勤〔軍官〕身分的六名資深隊員擔任。工作是部隊內外的通報，以及管束隊員的風紀。自然連隊內也很懼怕這些監察，他們就像日後軍部的憲兵。這裡提到的當月輪值，是每個月分別由兩人留在營區內值勤。狛野事件發生時，山崎正好擔任當月輪值。）

「狛野他遭人斬殺？」

山崎又問了一次。

很難相信他會死在別人劍下。雖然狛野是新進隊員，在隊內卻是屈指可數的厲害劍客。

山崎立即奔向狛野的所屬隊長——第五隊武田觀柳齋——的房間，觀柳齋似乎已接獲報告，正穿上隊上制服，準備外出。

「武田兄。」

「嗯？」

武田轉頭發現山崎到來，露出不悅之色。兩人向來關係不睦。

「我要跟你談狛野千歲的事。」

「哦。」

「狛野千歲是否曾向身為第五隊隊長的你提出離營申報？」

「不知道。」

武田觀柳齋是一位個性倨傲的男子，操著濃厚的出雲口音，不耐煩地回答道。

「那麼，他是擅自離營囉？」

「不知道。」

「別以為一句不知道就能了事。」

「為什麼不行？」

武田擺出盛氣凌人的模樣。

動不動就虛張聲勢，這是武田的老毛病，不過，武田今天的態度顯得有些古怪。但到底是哪裡古怪，山崎一時也說不上。

「你說不知道，我怎麼辦事呢？這樣的話，只能算是武田兄管束隊員不當。首先，隊規有令，嚴禁隊員單獨行動。」

「山崎老弟。」武田勃然色變：「這我哪知道啊。隊員夜裡偷溜出營外玩樂，難道我非得一個一個跟在他們後頭調查嗎？」

「可是……」

話說到一半，山崎便不再言語。

武田的話不無道理。

「不過武田兄，你這是在辯解。隊上應該是嚴禁辯解才對。」

山崎很討厭武田觀柳齋，甚至不想和他見面。而且不是現在才這樣，打從兩人當初第一次見面便已開始。

山崎與武田同期入隊。文久三年初夏，新選組正式加入京都守護職麾下，同時開始廣召隊員。雖說是廣為召募，但事實上，只是到京都、大坂的市街道場宣傳，召募俠士，再從中挑選成名的劍客。當時採用的隊員達七十一人之多，當中多少有些人是濫芋充數，採用後，隊上會看準機會加以篩選。以新選組來說，篩選的方式是切腹、斬首、暗殺。

當然了，武田和山崎都是隊上出類拔萃的人物。

如前所述，山崎來自大坂的市街道場，擅長劍術與棒術，而且認識許多大坂的富商，所以在隊費調度方面被視為重要人物，很快便被拔擢為助勤。

武田觀柳齋是出雲松江藩的醫官出身，除了有一身好武藝，還擁有長沼流的兵法證書，這便是武田的特殊技能。兵法上的學識，讓他在滿是劍客的新選組隊員間顯得格外搶眼。

近藤和土方似乎也很欣賞武田的兵法學問。

山崎當上助勤時，觀柳齋也從眾多隊員中被提拔為助勤，後來因池田屋事變而進行隊員改組，他昇任為第五隊隊長。在第一期公開召募的隊員中，他和山崎一樣都算是出人頭地的人物。

他年紀不小。

而且仗著自己受近藤賞識（這是武田自稱），態度倨傲。

——真是個討人厭的傢伙。

並非只有武田的競爭對手山崎這麼認為，幾乎所有隊員都是這個心思。打從一入隊起，武田觀柳齋便突然走進大房間內，狂妄無禮地站著大喊一聲「諸位」。

眾人盡皆為之一驚。

「在下剛才奉近藤、土方兩位師傅特別吩咐，要對每位隊員進行長沼流的訓練。」

在場人士紛紛心生慌亂。眼看地位相同的新進隊員裡，馬上就出現了一位握有權力的人物。

「請諸位牢記在心。」

從那天起，武田觀柳齋便在壬生寺院內召集七十名新進隊員，進行號稱武田信玄兵法的長沼流兵法訓練。

近藤和土方也在武田的邀請下，從正殿的欄干處觀摩。看過之後，他們一致認為武田敢誇口，果然有其獨到之處。非但如此，武田還厲聲喝斥和他位階相同的隊員。

「好本領。」

近藤大為感佩。武田觀柳齋的地位，可說就是從這個時候獲得保障。

觀柳齋討好近藤的手段相當高明。

他找來河原三條的道具屋加納太兵衛，給他一份設計圖，按照長沼流的方式製作華麗的軍扇和麾令旗，收放在桐木箱裡，獻給近藤。

「新選組的局長，算是軍中的大將。大將就必須有其象徵。請您收下。」

「哦。」

近藤相當開心。

觀柳齋的智慧不僅如此。他還將軍扇與麾令旗運用在公私兩方面。

——訓練需要用到軍扇與麾令旗。可否在訓練時借在下一用，當做是師傅的替身。

近藤非答應不可。觀柳齋利用麾令旗，對同志們恣意展現其權威。

——這不是在下的命令，是近藤師傅的命令。

隊員莫敢不從。不過話說回來，長沼流的訓練實在愚蠢得可以，淨是一些煩瑣的規矩，諸如檢驗首級的方法、在戰場上報名號的方式、馬標★的立法、旗竿的挑選法等等。新選組的最終目的是「攘夷」，所以每位隊員心裡都有個問號，不知做這些訓練是否真能驅逐洋船。

不久，武田觀柳齋昇任為新選組的兵法師傅。

馬標：在戰場上，立於主將的坐騎旁，用來標示其所在位置的印記。

但過不了多久，他的權威便開始走下坡。

因為幕府接受法國公使的建言，正式採用法國式訓練。新選組自然也廢除長沼流的訓練。

每個隊員都暗笑活該，但觀柳齋的階級仍舊不變，以第五隊隊長的身分擔任局內重要幹部。而且他很懂得討好近藤，並不時以隊員的違紀情形向近藤告密（無憑無據），所以隊員們對他頗為忌憚。

且說——

武田觀柳齋率領第五隊的隊員出發。

之後山崎被喚至副長土方的房間。

「聽說狛野死了。」

土方在火盆上架著鐵絲網，燒烤年糕。他將年糕翻面後，接著問道：

「你打算怎麼做？」

「您這話的意思是……？」

「你不去現場查看嗎？」

「……」

山崎猜不出他話中的含意。奉行所已送來屍體檢驗的報告，監察大可不必查得如此徹底。

「聽說是從頭部一刀劃下。」

「我已聽說。」

「劍法相當高明啊。」

土方以筷子夾起年糕，對山崎說道：「你要出手。」

山崎以為土方要給他年糕★，伸出了手，土方卻不帶半點微笑，對他說道：

「年糕是我要吃的。我的意思是，要你出手調查這件事。」

「我馬上前往產寧。」

「那就好。如果騎馬，應該能趕在武田抵達前趕到。此事我希望你能審慎處理。」

山崎在馬廄裡挑了一匹活力旺盛的褐色駿馬，命馬夫安上馬鞍後，馳騁而去。在星光的照耀下，大路上格外明亮。

產寧坂是順著從東大路轉往清水的道路，往東走約五百公尺遠的東山山麓，這一帶有許多寺院、朝廷公卿的別墅，以及料理店。也寫做三年坂。

山崎策馬衝進命案現場後，看守屍體的奉行所同心提著燈籠照向他問道：

「來者何人？」

「我乃新選組山崎蒸。」

年糕：日文的出手，有著手行動和伸手兩種含意。

山崎翻然下馬，朝屍身旁蹲下。一名同心朝山崎身旁遞上燈籠，另一人奔向山崎的坐騎，拉住轡轡。兩人都微微發抖，當然是因為對新選組感到懼怕。

山崎問了三、四個該問的問題後，仔細檢查傷口。

好犀利的斬痕。迎頭一刀，從臉上斜斜往右斬下，在右頰停住。就連歷經多場廝殺場面的山崎，也從未見過如此犀利的刀法。

狛野只做出手按刀柄的動作，佩刀只離鞘五寸，敵人的利刃便已砍進他的頭顱。

「官差，」山崎說：「我希望你們到附近的料理店、寺院好好盤查一番，確認今天是否有武士的聚會。連民宅也一併調查，看有沒有哪戶人家住著漂亮的年輕姑娘。如果有，也順便打聽，看對方是不是狛野的女人。不過，調查一事，別告訴你們奉行所的其他同僚。」

「是。」

隊內的事，新選組向來堅持保密，同心們很清楚此事。

「小的明白。」

「還有……」

山崎已牽來馬匹。

「待會兒，我們隊上會有人前來收屍。我來過的事別告訴他們。我再說一次，我乃新選組監察山崎烝。」

翌日，他傳喚住在誓願寺後方的理髮店「床與」老闆與兵衛，詢問事件發生當晚，河原町的薩摩藩邸是否有人在天黑後進出。

「您問有沒有人進出，意思是指是否有薩摩藩的家臣從大門進出嗎？」

「沒錯。」

「這個嘛……」

他不清楚。

床與這家店就位在薩摩藩邸附近，新選組每個月私下給他一筆津貼，命他暗中打聽藩邸的情報。但薩摩藩不同於其他諸藩，他們向來口風甚緊，所以前來床與梳理髮型的薩摩侍從或下人，一概不會談論藩邸內的事。

「總之，你在今晚之前好好打聽。」

接著，山崎找來河原町四條的餅屋治兵衛。

治兵衛也是密探。

他的情況比較令人同情，他做這項危險的工作並非出於自願，只因他是東本願寺的虔誠信徒。

當時西本願寺主張攘夷勤王，東本願寺則主張輔佐幕府。至於為何會演變成這番局面，其中有幾個有趣的緣由，但由於偏離主題，在此不多贅述。

出入薩摩藩邸的御用商家薩摩屋善左衛門，他所用的年糕都是向治兵衛進貨，新選組老早便看準這條線，透過東本願寺的某位寺內侍從，拉攏治兵衛為新選組效力。

「一切看你的了。」

向床與老闆交代的事，山崎同樣又向治兵衛吩咐了一遍。

傍晚前，先前的一名同心前來，通報了兩件事。

一是當晚在產寧坂附近的料理店，沒有武士聚會。

（這樣啊。）

山崎感到失望，同心看出他的神情後，就像在討他歡心似地接著說道：

「我打聽到一個消息。聽說高台寺下的租屋處，有一棟叫嘉右衛門店的棟割長屋★，一棟長屋裡有五戶人家，最北邊的一戶人家，住著一對相依為命的母女。」

「對方叫什麼名字？」

「聽說叫阿花。聽附近的居民傳聞，她最近結交了情夫，而且還是名武士。」

「哦。」

「我打聽此人的相貌模樣，似乎就是狛野大人。」

山崎前往拜訪阿花。據同心所言，阿花的母親雖是女流之輩，但屋主嘉右衛門在

棟割長屋：長屋中央以牆區隔，背靠背而建的住宅。

這附近的屋舍租賃工作，都是由她代為管理。

阿花今年已三十歲，曾嫁為人婦。

山崎打開格子門入內時，阿花正捧著火盆，從二樓往下走。

「幸會。我是新選組的人，名叫山崎蒸。聽說妳與過世的狛野有些淵源，他好像受妳不少照顧。我身為他的同志，在此向妳道謝。」

阿花捧著火盆，茫然呆立原地。她個頭嬌小、膚色白皙、單眼皮、雙唇豐厚，這種長相在京都相當普遍。算得上是個美人。

「快請進……在那裡說話，對您太失禮了。」

阿花這才放下火盆，迎山崎入內。

「那我就打擾了。」

山崎背對房內的壁龕柱子，席地而坐，阿花則是在隔壁房間的門檻處低頭行禮，說著京都式的冗長問候語。雖是名平凡無奇的町女，但腰身到膝蓋一帶，卻流露出一股藏不住的韻味。

山崎詢問他們兩人認識的經過。

「這裡上面……」阿花伸手一指：「有家名叫曙亭的茶店。是的，就是牆上繪有五葉松的那間屋子。」

在店內需要人手時，阿花都會到店裡廚房幫忙。就這樣認識了狛野。

「狛野常光顧那家店是嗎？」

「不，起初是一位名叫武田觀柳齋的上司帶他前去。後來他都是自己一個人上門。」

狛野獨自前往，想必目標是阿花。阿花也是，從兩人的第一次邂逅起，她便對狛野懷有好感。狛野邀阿花進入某個房間後，馬上擁她入懷，撲倒在地。

山崎想像當時房內的情景，登時面紅耳熱。他雖已二十八歲，但每次一聽到男女間的豔聞，總會兩頰羞紅。

「對了。」山崎抽出鐵扇：「妳剛才提到武田觀柳齋，他常到那家料理店嗎？」

「不，只去過一次。」

「只去過一次？」

京都的料理店向來不歡迎生客。時至今日仍是一樣，在祇園，若無可靠人士的介紹或熟客的帶領，一律不接生客。

「這就怪了。」

「不，有人帶領武田先生上那家店。」

「是誰？」

這個人也許就是解開謎題的關鍵。

「是我們的同志嗎？」

「不知道，不過，對方是一位威嚴十足的武士。」

阿花說她曾見過對方一兩次，但她是在廚房張羅菜餚的下人，無從得知對方的藩屬和姓名。

「對方是什麼長相？」

阿花回答，對方身形奇偉，刮去鬍渣的下巴留有青皮，臉色微泛櫻紅，五官鮮明，長相俊俏。

「有無口音？」

「啊。」阿花突然想起：「他帶有薩摩口音。」

二

正如山崎所料。

瞧屍體的斬痕，肯定是薩摩人所為。那是薩摩的御流儀★劍法「示源流」留下的斬痕。死狀極為淒慘。

示源流不戴面具、護手，不用竹劍，而是以一根長約四尺的木棍練習。一開始是以木柴捆成一束，朝它蠻打亂揮，接著為了鍛鍊足技，在地上插滿木棒，一面喊叫，一面在木棒中四處奔跑、揮劍。等練就這些技術後，才開始修習劍術。

示源流算是劍法中的傳統流派，像幕末盛行的北辰一刀流、神道無念流、鏡心明智流這一類精巧細膩的劍術，都不受示源流重視。

他們只注重刀法的快與狠。

不論敵人是一刀襲向面門還是身軀，都得趕在對方刀刃襲來前，迅速反擊。

道理很簡單，但正因為簡單，敵人要是扎實地挨上一刀，總是當場斃命。屍體就此淒慘地化為肉塊。

所以在新選組內，近藤、土方特別研究過這套劍法，並指導隊員破解之道。

——抵擋方式只有一種：無論如何都要擋開第一刀。一旦擋下第一刀，從第二刀開始，便遠不如其他流派的刀法來得凌厲，大可放心。

事件發生後的第三天，山崎前往副長土方的房間。

土方今天仍舊烤著年糕。

御流儀：是將軍家或藩國專屬指定的流派。

「師傅。」山崎喚道。

「……」

土方朝火盆低著頭，頻頻吹著炭火。看他的模樣，真正令他感興趣的不是吃年糕，而是能否將年糕烤得漂亮。

山崎不予理會，直接報告。

「薩摩？」土方抬起臉：「果然是他們幹的。」

自從聽取關於狛野頭上斬痕的報告後，土方似乎也認為此事是薩摩人所為。

「要不要吃塊年糕？」

他以筷子夾起年糕。不知道今天吹的是什麼風，土方似乎要賞年糕給山崎吃。

「那我就來一塊吧。」

山崎伸手接過。但他不敢在副長面前吃。

「沒關係，你就吃吧。那是我精心燒烤的年糕。」

「那我就不客氣了。」

山崎在膝蓋上將年糕分成兩半。一陣熱氣撲鼻而來。

「人是武田殺的。」土方突然說了這麼一句。

「咦？」

「也許拔刀的人是薩摩，但人卻是武田帶來的。」

「可是……」

山崎大感驚訝，面如白蠟。這並非他與武田的友情使然。土方的頭腦和行動力卓越，非常人所能理解。山崎料想土方也許是得到新的證據，因而認為自己愧為監察，有怠惰之嫌，對此頗為在意。

「可是，您有證據嗎？」

「證據是吧。」土方沉思了半晌後應道：「沒有。不過，武田的為人就是證據。」

（啊，原來他……）

對武田的個性早就了然於胸。山崎於心中暗忖。

武田打從芹澤鴨還是新選組的首席局長，近藤為次席局長的時代起，便以貓咪討主人歡心般的姿態接近近藤和土方。

山崎也不甘示弱，努力接近近藤與土方。這是理所當然的事，因為當時只要有慧眼的人便看得出，新選組的主流日後必定是近藤一派。山崎打從一入隊就從隊上氣氛中看出這點。

不過，山崎替自己辯護，他認為自己接近近藤的方式與武田不同。山崎不曾像武田那樣，採用阿諛奉承的做法。也從未沒事找近藤和土方說笑。也不曾因職務以外的事，而向他們兩人說隊員的壞話。

山崎只是一味地忠於自身的職務。他認為近藤和土方就是賞識他的忠誠，才予以拔擢重用。事實上，山崎在隊內也擁有極度的官僚式忠誠。

武田觀柳齋則與他迥然不同。

儘管他就像是舔著近藤的腳底般，極盡阿諛之能事，但對同僚和下屬，卻又冷漠得近乎殘酷。

——近藤和土方師傅是這般厲害的人物，難道就沒發現他是這種人嗎？

隊員都在背地裡這般說道。

人總是抗拒不了阿諛奉承。

他們兩人也喜歡被灌迷湯，山崎原本也在內心如此暗忖。不過，近藤是如何姑且不論，土方似乎不是這麼回事。

「山崎老弟。」土方以犀利的眼神笑著說道：「『您已經知道了嗎？』可說是你常用的問候語。你似乎以為只要是隊員的事，我無所不知。」

「抱歉。」

山崎含蓄地微微一笑。

「我會著手調查。」

「調查？」土方惡作劇地說道：「怎麼調查？調查方式有很多種。希望你能對我說明一下你的方針。」

「我會用密探……」

「這是方法。我說的是方針。如果沒有方針，調查就會摸不著方向。」

「也就是說……」

山崎本想進一步說明，但他想到某件事，因而作罷。

其實山崎猜想，武田可能會背叛新選組，投靠薩摩。打算以這項猜測為主軸，展開調查，這是監察山崎蒸所擬定的方針。

事實上，對手是武田觀柳齋，並不好對付。從近來討伐長州的做法來看，幕府的威望一落千丈；相對的，薩摩藩卻展現出宛如新興幕府般的威勢。武田也許是想見風轉舵。

「山崎老弟，武田與薩摩藩邸有往來。」

「哦。」

山崎流露驚詫之色。山崎有自己一套阿諛的方式。他絕不誇耀自己的敏銳，這樣反而能安全地在隊內生存，特別是對土方這種聰明人，這麼做才能討他歡心。

「不過，這只是我的臆測。但身為監察，就需要這樣的臆測。只要沿著這條線索搜證，興許會有意外的發現哦，山崎老弟。」

「是。」

「你得牢記在心。」

土方的視線落向炭火上。

年糕已渾圓地鼓脹。

三

那天午後，意外有名女子前來不動堂村的營區。

這對鮮少與女人往來的山崎而言，是從未有過的事。

「今天會下雨呢。」年輕的隊員嘲諷道。

山崎來到大門前一看才知道，原來來者是高台寺下的阿花。

「不用了，在這裡說就行。」

雖然阿花不願入內，偏偏又不能像這樣站在門前和女人交談。

不動堂村的這座新營區，有座雄偉的長屋門。大門旁就是門衛的房間，土間的火爐裡放滿了炭火，所以他帶阿花前往。

阿花還是老樣子，説著冗長的問候語，接著突然向山崎道歉：

「真是非常對不起。」

「為什麼道歉？」

「之前我説最早帶武田大人去曙亭的人，是一位帶有薩摩口音的武士，結果是我弄錯了。」

「……？」

「我……」

阿花開始替自己解釋。她用慵懶的京都話滔滔不絕地説著，説她才剛到曙亭幫傭沒多久，對店內的情況不太熟悉，而且她只是廚房裡的下人，對店裡的常客其實記不太清楚。

「然後呢？」

山崎顯得有點不耐煩。

「是。那位帶有薩摩口音的武士，是其他廂房的客人。我向店內資深的女侍詢問後得知，聽說武田大人在加入新選組之前，便已是店內的熟客。」

（哦？）

原本山崎懷疑她是受武田之託，而前來改口，但他看阿花的模樣，不像是會耍這種手段的女人。

「妳可確定？」

「確定，另外……」阿花急促地說道：「那位帶有薩摩口音的武士，是薩摩藩邸的中村半次郎（日後的桐野利秋，官拜陸軍少將，在西南之役中擔任西鄉隆盛的總指揮官，最後戰死）大人。」

（咦！）

如果是中村，就有這個能耐。

不，除了中村外，在薩摩擁有如此過人劍技的劍客，恐怕也找不出幾個。京都的志士，都稱他是斬人半次郎。

而且他不單只是名劍客。除了西鄉、大久保、小松之外，他是京都薩摩藩邸的年輕掌權者，與諸藩的脫藩浪士頗有交誼，那些被新選組、見迴組追殺的浪士，只要在他的安排下逃進薩摩藩邸，他們都會加以藏匿。

關於這個男人，還有另一項傳聞。去年歲末，諸藩的脫藩浪士聚集在東山妙法院內，密謀要襲擊新選組營區，雖然最後並未成真，但據說幕後的推手便是中村。

這項密謀是因為中村遭西鄉訓斥，才沒能付諸執行。因為西鄉就當時的情勢研判，認為必須與會津藩取得協調。

新選組方面也盡可能不想刺激薩摩藩邸。新選組眼前的敵人，主要是長州、土州派的志士，就算在路上與人爭鬥，只要對方報上「薩摩藩士」的名號，隊員也都會撤劍。因為這是京都守護職會津松平家的家臣所下的通牒。諸藩當中軍事力量最強大的，就屬薩摩藩，幕府忌憚它公然加入倒幕的行列。

然而，薩摩藩背地裡以京都藩邸為根據地，與流浪的討幕人士聯絡，隱然是秘密政界的幕後黑手，這事也昭然若揭。

最近行徑更是露骨。

就算中村從事對付新選組的工作，西鄉應該也不會再加以阻止。毋寧說，是西鄉派中村執行這項打垮新選組的密謀。

以上是山崎所知道的消息。

「我再確認一次。」山崎向阿花問道：「武田和中村半次郎不曾一起上過曙亭是吧？」

「是的。」

「妳確定？」

「不會有錯的。」

武田的薩摩嫌疑就此清洗。

山崎感到疑惑。土方滿心這麼認為，教他不知該如何回報才好。

阿花離去後，誓願寺後方的床與老闆前來報告。

——藩邸是否有人出入，我不清楚。

不過那天晚上，老闆的妻子在日落前，於前往東山馬道的回途中，在祇園的石階下與中村半次郎擦身而過。

「擦身而過？中村他在做什麼？」

「中村大人正往安井天神的方向而去。」

「他往那裡去？」

「是的。」

「以方位來看，應該是往清水產寧坂的路上。」

「以方位來看，確實是如此。」

「這樣啊。」

可將中村視為斬殺狛野的凶手。

但老實說，殺害狛野的人是薩摩的哪個武士，山崎並不在乎。他更想知道的是，新選組第五隊隊長武田觀柳齋與薩摩藩士密謀的證據。

（證據……）

始終遍尋不著。山崎相信，找出證據，正是土方給他的任務。

四

日子就這麼過去。

狛野千歲已化為壬生墓地上的一塊墓牌，不久後變成石塔，但事情還是查不出結果。

山崎忙著處理其他事務，儘管此事令他掛懷，但還是無暇處理。

局勢起了轉變。

正月時，一項消息傳入京都守護職耳中，說薩、長兩藩似乎已締結秘密同盟。

六月，幕府對長州的軍事行動連連戰敗，幕府威信登時一落千丈。薩州、長州、土州等諸藩策士，乘勢頻頻於京都密會，一時死氣沉沉的京都秘密政界再度展現活絡的一面。就連京都的町人，也開始有人四處放話，說早晚會是天皇大人的天下。
土方看準隊內受情勢的影響，一定有人會心志動搖。
他知道會為之動搖的人，正是隊內的教養派人士。正因為教養程度高，所以對時勢極為敏感，他們應該早已察覺，新選組腳下的泥沙正急速崩塌。
當然了，這是土方個人的推測，並無證據。證據就是「人」。雖然有點武斷，但土方認為，背叛者天生就帶有反骨。再也沒有比人更確切的物證了。不可思議的是，那些背叛者都很有教養。
隊內有教養又對時勢很敏銳的人，只有兩位。
一是參謀伊東甲子太郎。
二是第五隊隊長武田觀柳齋。
儘管還沒有通敵的動作，卻有通敵之虞。只因他們過於有學問。
——得趁早解決才行。
但棘手的是，局長近藤相當信賴他們兩人。別說信賴了，根本就是仰賴他們的教養。
舉例來說，去年幕府派遣正使永井主水正、副使戶川鉾三郎，擔任對長州的訊問使，在廣島會見長州藩的代表。當時近藤奉守護職之命，以正使永井的家臣之名義南下廣島，暗中查探長州方面的動靜。這時近藤挑選隨行的，正是伊東和武田，因為近藤賞識他們的教養。

所以土方非常難辦事。或許應該說，他必須多費一番工夫。

八月的某日，前往大坂調查的山崎，歷經好長一段時日返回營區時，被土方召見。

「山崎老弟，你是不是忘了什麼事？」

土方不懷好意地笑著。

「咦？」

「這也難怪。監察部最近百忙纏身。我指的是去年歲末，清水產寧坂那件事。」

「哦，狛野千歲那件事。」

「不，是武田觀柳齋那件事。」

土方巧妙地轉移話題。山崎當時應該已向他報告過，武田和此事無關，而且和薩摩藩無任何關聯。

「不過……」

山崎觀察土方的神情。他想知道土方要他做什麼。

「當時聽完你的報告，我也替武田鬆了口氣。不過最近我得到一個消息，和你的報告有些出入。密告者的姓名，我暫且保密。」

「……」

「武田似乎常出入薩摩藩邸，據說他出賣隊上的機密。我相信那是謠傳，但既然聽到這樣的傳聞，便不能放著不管。為了洗刷武田的嫌疑，你得好好調查。希望你向第五隊隊員逐一打聽武田近來的行動。」

「是。」

山崎仍皺著眉頭。因為他還不明白土方真正的用意。

「不過，」土方再補充道：「你身為監察，要直接向第五隊的隊員打聽，恐怕是困難重重。」

這是理所當然。

「就用藻谷吧。」

此人是因州浪士，藻谷連。隸屬第五隊的武田旗下，略通槍術。

「你可以向藻谷打聽。」

（向藻谷打聽？）

土方的指名頗令人意外。藻谷除了擅長吟詩外，沒任何優點，而且他和土方走得並不近。土方可能也從未直接叫過藻谷。

「話雖如此，關於這件事，你千萬別向藻谷透露是我吩咐你這麼做的。」

「我明白了。」

山崎馬上將藻谷喚至自己的房間。藻谷身材清瘦，五官工整。乍看之下，一副才子模樣。但其實他一點都不機伶。明明沒才幹，卻又老愛口出狂言，在隊內受人鄙視。

「藻谷，今天找你來……」

山崎話才說到一半，便發現藻谷已嚇得臉色慘白，微微顫抖，他就此打住。

「你怎麼了？」

「不，沒什麼。」

沒想到他有一對可愛的雙眸。

那對雙眸正感到怯縮。可能是他身為低階的一般隊員，獨自被喚至山崎監察的房間，一時間無法承受吧。平時老愛口出狂言，沒想到竟是這般膽小。

聰慧的山崎見狀，登時明白土方挑選藻谷的原因。

山崎陡然轉為開朗的神情，向他說道：

「我有件事要拜託你。」

道出和武田有關的傳聞之後，山崎吩咐道：「我希望你能不動聲色地監視他的行動。」

「也就是說……」

「你不必多問。我要你辦的事就這樣。」

山崎就此回了他一句。

接下來的兩三天，隊內開始流傳古怪的傳聞。

說武田觀柳齋和薩摩藩私通。甚至有人說他曾經目睹武田從河原町的薩摩藩邸走出，此事傳入山崎耳中。

（真教人吃驚。）

好驚人的效果。

從藻谷膽小的個性來看，他似乎承受不了這沉重的秘密。他就像拋下肩上的重擔般，讓同僚去承擔。換言之，他洩露了秘密。同時，這名愛說大話的仁兄，似乎對自己知道秘密的事頗引以為傲。就像油紙起火般，在隊內迅速擴散蔓延。

（不管是什麼樣的人，都有其用途。）

山崎大為折服。想必土方早看出這點，才會指名藻谷吧。

話說，武田觀柳齋也有與他親近的同僚。

他們聽到傳聞後，此事也傳入武田耳中。

武田觀柳齋大為震驚。

五

武田沒認識半個薩摩朋友。他當然是蒙受了不白之冤，但也暗暗為之心驚。

他很想認識薩摩人。

這是他心裡的念頭。當年參謀伊東甲子太郎仍是雲遊天下的民間人士時，似乎與薩摩的西鄉有過一面之緣。因為伊東很清楚薩摩藩的情形，所以武田最近突然和伊東往來密切。

他想透過伊東，認識一兩名薩摩藩士。

這個傳聞正道出他心裡的念頭。武田大為震驚。在這股衝擊下，他嚇得血色盡失，但他不打算澄清這項傳聞。這並非武田觀柳齋行事古怪，而是新選組內的常識。一旦有傳聞流出，最後只有被斬殺一途，這樣的例子不勝枚舉。武田過去也曾多次因為這個緣故而暗殺同志。

（怎麼辦？）

這是問題所在。他決定採取行動。

當天傍晚，武田返回他位於堀川足袋屋別房的休息所，吃了一碗茶泡飯，待太陽下山後，便啟程往東而去。

他拜訪的對象，是薩摩藩邸的御用商人薩摩屋善左衛門，他在河原町四條經營一家店鋪。

「請問你家老爺在嗎？」

武田遞出一張寫著「雲州松平家浪人」的名片，並取下長短刀擱在土間角落，卑躬地向年輕夥計低頭行禮，說道：「在下有件事想向他請託。」

善左衛門輕鬆與他會面。此人頗為沉穩，儘管眼前這名浪人重新報上名號，道出自己是新選組第五隊隊長武田觀柳齋，他仍是面不改色，只應了一句：

「請問有何貴幹？」

「請恕冒昧。」武田從懷裡取出一封信：「請務必將這封信送交給薩摩藩的中村半次郎先生。信中所寫之事，並非公務，而是隱密的私事。」

他以泫然欲泣的聲音說道，連善左衛門看了都覺得可憐。

「在下明白了。會盡快為您送達。請問是要以書面回覆，還是……」

「不，如果您同意的話，在下想在此等候回覆。」

「那我即刻去辦。」

善左衛門就此外出，不消一會兒工夫便已返回。

「中村大人回覆，希望您能移駕藩邸。由在下替您帶路。」

「哦。」

武田站起身。

他將長刀寄放在薩摩屋，只帶短刀出門。藩邸就在對面，他在橫越道路時問道：

「中村半次郎先生是個什麼樣的人呢？」

「他個性爽快，在藩邸裡，就連下人也非常喜歡他。」

善左衛門笑咪咪地回話。

走進小門後，兩名年輕武士一前一後隨行，將武田迎進長屋內的一室。

不久，中村半次郎到來，簡短問候完畢後，向武田問道：

「您的佩刀怎麼了？」

「因為初次與您會晤，所以將佩刀留在對面的薩摩屋內，前來拜見閣下。」

「哈哈哈，您可真用心啊。」

半次郎也頗為訝異。站在武田的立場，他是有所顧慮，不想讓半次郎對身為新選組隊員的他有所警戒。但武士卸下佩劍，前往他藩的藩邸，此舉形同投降。

不過話說回來，武田信中的內容，比投降更慘。他在信中措辭謹慎地寫道——在下昔日便胸懷尊王之志，與同袍難以相容，今後望能與貴藩攜手，略盡綿薄之力，倘若日後在隊內事蹟敗露，將投靠貴藩邸，屆時還望收容。

「事情的原委，我已明白了。」

中村以溫柔的薩摩方言說道。但他到底明白了什麼，卻不明說。

接下來，兩人開始閒談。中村充分展現出雍容氣度，絕不主動提問，打探新選組內的情形。武田卻頻頻揣度他的心思，將隊上大大小小的事全盤托出。

中村不時流露驚訝的神情。

「哦，原來是這麼回事。」不時客氣地頷首回應。

中村送武田離開藩邸時，對他說道：

「有空常來這裡坐坐。希望下次不是聊這樣的話題，而是能聽您發表對國事的高見。」

「是，屆時再促膝長談。」

「還有，」中村莞爾一笑：「關於佩劍，下次您不必如此顧忌。因為我薩摩藩沒那麼怕你們。」

這番話極度諷刺。

但武田沒聽出話中的含意。

他歡欣鼓舞地回到位於堀川的休息所。

隔天，有人將武田觀柳齋昨晚在薩摩屋善左衛門家的一舉一動，一五一十地向山崎呈報。

是東本願寺門徒餅屋治兵衛報的信。據他的通報所述，治兵衛的妻子當時正好來到薩摩屋的土間接受他們訂貨。

因為不是刻意打探，而是剛好在現場聽到他們的交談，所以才會對武田的舉動瞭若指掌。

山崎立刻向土方報告。山崎當然心裡明白，儘管武田終於落入圈套，但他絲毫沒展現出這樣的態度，就只是向土方報告：「此事屬實。」

土方頷首應道：「我說的沒錯吧。」

神色如舊。山崎這時才深有所感，倘若土方生於戰國時代，想必會是與四方鄰國武力爭奪的一方之霸。

六

過沒多久。

慶應二年九月二十八日黃昏，近藤將武田觀柳齋喚至他營區內的房間。

副長土方歲三在場。

參謀伊東甲子太郎也在一旁。

此外，還有第一隊隊長沖田総司、第八隊隊長藤堂平助、第十隊隊長原田左之助，以及隊上的劍術指導齋藤一。

他們已在席間喝得酒酣耳熱。

近藤見武田觀柳齋入內，向他招手。

「今晚你是主客呢。」

近藤硬將他推向上座，命隨侍的隊員替他斟酒。

「聽說你近日將離開不動堂村，改投靠薩摩藩邸。」

武田聞言一驚，但近藤那張骨瘦嶙峋的臉卻笑得樂不可支。

「真是可喜可賀啊。」

武田極力辯解，近藤卻應道：「這樣很好啊。既然你打算變節，想必早已有自己一套想法。不管怎麼說，這是男子漢的道別，我想盡情和你喝杯餞別酒。」完全不聽武田的解釋。

武田也有所覺悟。

他好歹也是新選組內率領一支小隊的男人。

「這樣啊。」

一旦他展現出沉穩的氣度，便像變了個人似地，氣勢十足。

武田不疾不徐地盤腿坐好，悉數接過向他遞來的酒杯。

——我醉了。

正當他如此思忖時，近藤舉起手。

「齋藤。」他叫喚隊上數一數二的劍術高手：「武田喝醉了。你送他回薩摩藩邸。」

「不……」

武田搖手，但齋藤已先離開房間。

步出營區的長屋門一看，東山之上明月高懸。

一名下人遞出燈籠。齋藤說了一句：「不需要。」轉頭朝武田微微一笑。

武田也板著臉應道：「不需要。」邁步向前。

武田不發一語地走在下京的街道上，往東而去。明月逐漸升至中天。

終於走過河原町的大路。從此處轉為往北而行，便可來到薩摩藩邸。

但武田卻繼續往東而去。來到架於鴨川之上的錢取橋。此橋為民間私設，橋上沒設欄干。走過這座橋後，便來到竹田大道。

齋藤再也按捺不住，勃然怒道：

「武田，你要去哪裡！」

「回我的故鄉出雲。」

「哦。」

齋藤如此應道，手已搭在刀柄上。

「武田，你準備好了吧。」

「我早知道了。」

武田陡然扭腰一劍拔出，揮向齋藤頭頂，但齋藤的劍比他快了一步。只見兩道寒光交錯，齋藤一劍劃破武田的左軀，往前衝出數公尺遠。武田觀柳齋當場斃命。

虎徹

一

芝愛宕下的日蔭町通，一直到戰前都還保有原來樣貌，整條街道從南到北全是刀鋪，屋簷相連。

文久三年正月的某日，一名武士走進其中一家刀鋪：相模屋伊助的店。

此人年約三旬，綁著總髮★，身穿黑羽雙層短外罩、仙台平的裙褲，衣服上印有一個圓圈內兩道黑線的家紋，服裝相當氣派，但沒帶隨從。

看他那粗獷剛硬的容貌，便知道他肯定不是代代享有厚祿的名門之後。

「來囉。」

伊助彎著腰前來接待。他之所以不自主地卑躬屈膝，可說是因為被對方的威嚴所震懾。

「請問客倌有何吩咐？」

「你們店內可有虎徹？」武士道。

伊助心中暗叫不妙。其實店內根本就沒有。但是回答「沒有」，是商人最忌諱的一

總髮：沒將前額的頭髮剃成月代髮型，而是留著長髮，在頭頂綁成一束的男子髮型。

句話。

「很不巧，小店現在正好缺貨，小的馬上替您安排，再請您過目。不知客倌要的是怎樣的刀？」

「只要是虎徹就行。」

這名武士的意思，不論長刀、短刀皆可。不過，虎徹★早期和晚年所打造的刀，價格各有不同。甚至有的一把價值數百兩。伊助想詢問這名武士有多少預算。

「冒昧請問一句，不知您預算是多少？」

「二十兩。」

（這傢伙是鄉下人。）

如今虎徹根本就不是區區二十兩便能買到。但伊助還是很客氣地低頭行了一禮說道：

「好的。請問要送往何處請您賞鑑呢？」

「小石川的柳町坂上，有家道場名叫試衛館。就送往那兒。我姓近藤。」

「是，近藤大人。」

伊助低頭鞠躬。眼前這名武士，就是幾個月後上京都成為新選組局長，讓全京都聞風喪膽的男人。伊助不是神仙，這時候當然不知道他是這號人物。

虎徹：日本的刀常是以刀匠的名字稱呼。

「要火速辦理。」

「小的明白。」

伊助立即派人向同業查探有無虎徹。

但得到的回覆並不樂觀。

話說回來，虎徹有不少贗品，業界甚至還流傳一句話：「一見虎徹，便可視為贗品」。之所以有如此多贗品，正是因為它供不應求。

「二十兩要買虎徹？」甚至有同業出言嘲笑：「大哥，不可能啦。就連高級的贗品，也差不多是這個價。」

「你倒是挺清楚的嘛。」

伊助也是個經驗老道的商人，他當然很清楚。

虎徹是江戶初期的刀匠，正確的稱呼是長曾禰虎徹入道興里（「虎徹」原本寫作「古鐵」，晚年改為「乕鐵」）。

他本是越前人，起初是名優秀的盔甲師傅。但自從大坂之陣結束後，不再需要盔甲，於是他下定決心，前往江戶，改當一名刀匠。當時他已五十歲，晚年轉行，而且還成為此道名人，流名於世，可說是奇蹟。他是個高深莫測的天才。此後一直到他七十多歲與世長辭這段期間，他在鑄刀方面開創了無數前人未曾到達的境界。但他的作品並不多。

虎徹所鑄的刀，模樣並不出色。但據說刀身鋒利，就連平安、鎌倉時代的刀匠也鮮少有人能出其右。

有一把虎徹鑄造的名刀，名叫「石燈籠切」。他晚年時，一位名叫久貝因幡守（忠左衛門）的大旗本向他訂刀，虎徹入道鑄造好後，帶著刀前去拜見，但沒想到因幡守看了不太高興。

因幡守心想——這就是有名的虎徹？

全新的藝術品，總會遭遇一些排斥，虎徹的外觀給人的第一眼印象並不出色，甚至看了讓人覺得不舒服。但若是長時間擺在身旁，它會逐漸呈現沉穩之色，最後甚至會教人愛不釋手。它就是擁有如此令人著迷的魔力，但因幡守卻不具慧眼。

虎徹入道霍然站起。

——大人不中意是嗎？

虎徹話一說完，旋即拿起刀跳向庭院，縱身一躍，一刀斬向松樹的粗枝。驚人的是，那根大腿般粗的樹枝，就像蘿蔔般應聲而斷，而且刀鋒的力道未歇，直接砍向樹枝底下的石燈籠頂座。刀身嵌入頂座內數寸深，刀刃不見一絲缺口。久貝因幡守見狀後大為驚駭，連忙對自己的無禮向虎徹賠罪，就此收下寶刀。從那之後，虎徹的名氣更加響亮。

它就是這般鋒利。江戶時代一些有心的武士，都爭相追求虎徹。（東京國立博物館的左藤寒山博士，昔日曾調查過山形縣登記有案的虎徹。光這一縣就約莫有兩百把之多。但是經博士鑑定後，認定真正的虎徹只有十二、三把。從這個比率來看，真不知道世上的虎徹贗品有多少。）

（反正，只要找來便宜的早期作品，或是被火燒過的虎徹充數就行了。）

伊助如此盤算著。

但他四處查找，不只在日蔭町找，甚至還請全江戶的同業幫忙找尋，還是找不到價錢合適的虎徹。

——而在近藤這方面。

近藤是柳町一座小道場主人的養子，這時候的他，身邊開始起了巨大的變化。由於幕府欲設立官設的浪士團（新徵組），所以四處上江戶的道場宣傳。近藤和土方歲三、沖田総司、井上源三郎、永倉新八、原田左之助、山南敬助、藤堂平助等試衛館道場的門人及食客一起前往報考，拜訪過宅邸位於牛込二合半坂的幕府講武所師傅松平上総介忠敏後，已內定錄用他們。

眾人也領取了合約金。

上了京都，那裡就是戰場，近藤如此抱定決心，打算用這筆合約金買一把他憧憬許久的上等好刀。

「那就非虎徹莫屬。」

道場的食客山南敬助給了他這個建議。山南見多識廣，他說某位大名曾拿著一把虎徹，委託幕府專司斬首的官差山田朝右衛門替他試斬。

所謂的試斬，是在地上打入數根竹竿，以固定罪犯的屍體，先從屍體的肩膀斬起。接著第二刀斬向腋毛上方，第三刀斬向腋下一帶，接著陸續斬向一胴★、二胴★、第八根肋骨、腰。就虎徹的情況來說，一刀斬下時，刀刃就像被吸進骨肉間一般，而且手掌幾乎感受不到反作用力，鋒利絕倫。

「真有那麼好？」

近藤的執著，就是從那時候開始。

「山南兄，你見過虎徹嗎？」

「哎呀，說來慚愧，由於我出身低微，所以儘管虎徹聞名遐邇，卻無緣一觀。您若是購得，請務必讓在下一飽眼福。」

相模屋伊助前來柳町拜訪，已是正月下旬的事。

「終於辦好了是吧？」

一胴：腋下處。

二胴：一胴下方約四公分處。

「是的。」

伊助解開包巾，打開刀盒，取出一把未經裝飾的長刀。

「雖然刀身無銘，但確定是長曾禰虎徹入道興里沒錯。」

「哦。」

近藤就像搶奪似地接過刀，拔刀出鞘，刀身長二尺三寸五分。這樣的長度正適合中等身材的近藤使用。

刀身厚實，彎弧淺，帶有亂紋，樸質剛毅的氣韻中，又帶有一股彷彿會啃咬人骨的凌厲。倒不如說，它以外表的樸實極力壓抑內在凌厲的風格，與近藤頗為神似。

「我很中意。」

近藤還刀入鞘，支付伊助所要求的二十兩。他順便請伊助替這把刀打理刀裝。

「刀裝用鐵材即可。刀鍔希望能用武藏鍔（據說是宮本武藏所設計，為八角形的厚質銅材）。」

「遵命。」

不久，伊助照他的吩咐打造完畢，替他送來。近藤對它那粗獷的刀裝頗為欣賞。

文久三年二月八日，他便帶著這把刀，與同志一同自江戶出發。

二

新選組在幕府的認可下，以非官制體系的團體（其法定地位為京都守護職松平容保麾下的浪士組）身分正式成立，是文久三年三月的事。

成立時有三位局長。近藤接在芹澤鴨、新見錦（兩者最後都被近藤派的隊員暗殺或是謀殺）之後，擔任次席局長。

成立當時，隊員人數少，而且近藤的地位也還不夠分量，所以他常親自帶領隊員在市內巡視。

這天，近藤帶領山南敬助、沖田総司以及僕人忠助（之後擔任馬夫。此人頗有威儀，一直到近藤在流山被俘為止，始終隨侍一旁，之後跟隨土方歲三前往函館五稜郭）隨行。

傍晚時分，一行人在祇園町會所休息，喚來地方的官差詢問附近的情況後，行經河原町御池的長州藩邸前，順著河原町通南行。當他們來到同一條路上的土州藩邸前時，市街已是一片昏暗。

「忠助，點燈。」

忠助應了聲是，蹲下身敲擊打火石，但遲遲點不著。

「喂，點不著火嗎？」

「啐，京都連打火石都這麼散漫。」

沖田総司從一旁探頭窺望。他這個人個性直爽，環視著四周說道：

「好吧，就到那家壽司店借個火好了。」

土州藩邸的斜對面正好有家壽司店。屋簷下的蒸籠柴火雖已熄滅，但屋簷掛燈還亮著火，照這樣看來，店內似乎尚未歇息。

其實只要取下屋簷掛燈就能借火，但沖田這個人格外講究禮貌，他打開格子門，想知會店主一聲。

一踏進店內，發現土間四個角落都是鋪有榻榻米的木板地。店內客人全是武士。眾人皆瞪大眼睛望著沖田。

（不太對勁哦。）

沖田之所以會這麼想，是因為明明蒸籠已熄了柴火，但是看這些武士的模樣，卻像是在等老闆端壽司上桌。

（密會是吧？）

人數約五人。對面就是土州藩邸，但他們並非土州藩士。土佐人的月代髮型較窄，佩刀較長，一眼便能認出。從他們的長相和舉止來看，應該是最近傳聞流入京都的三百名來自諸藩的脱藩浪士。若用幕府的公文用語稱呼，他們便是所謂的「浮浪人」。

「有什麼事嗎？」

其中一人拿起刀，神色倨傲地對沖田問道。此人顴骨高聳，眼角上挑，嘴唇乾裂。

「哎呀，各位在聚會還來打擾，真不好意思。我只是想向老闆借個燈籠取火。」

「可是你手上根本就沒拿燈籠啊。」

「我燈籠放在路上。用不著麻煩，只要用木片借個火就行了。」

「你是哪一藩的？」另一人問。

「太教我吃驚了。」沖田笑道：「在京都，連走進壽司店裡，都得報上自己所屬的藩國和姓名是嗎？」

「因為你看起來很可疑。」

「傷腦筋。」

沖田向老闆要來木片，以衣袖護著木上片帶有硫黃味的火焰。

「我是沖田総司。新選組副長助勤。」

現場登時鴉雀無聲。但浪人們旋即回神，各自拿起佩刀。想必是看準了對手只有一人。

「且慢。」沖田道：「別給店家添麻煩，要動手的話到外面去。既然我報上了名號，自當奉陪。」

「哎呀！」

當中最年長的武士以眼神制止同伴，向沖田行了一禮。

「冒犯閣下了。在此向您致歉。」

「這樣啊。」

沖田一面反手打開格子門，一面應道。

「沒關係，能明白就好。也許日後還有機會見面，屆時再向各位問候。」

他走向幽暗的大路。近藤等人候在一旁。

沖田朝印有誠字隊章的燈籠點燃了火，命忠助拿著，接著告訴近藤剛才的事。

「我覺得他們很可疑。請各位先到前面的哨站等著，我留下來稍微觀察一下情況。」

「這樣啊。」

近藤走進錦小路的哨站等候沖田回報。一旁就是薩摩藩邸，京都這一帶，連日來都有浮浪人以天誅的名義引發動亂，這裡可說是他們的巢穴。

過沒多久，沖田跑回哨站。

「好像已經解散了。」

近藤露出責備的表情。他之所以怏然不悅，是因為滿心以為今晚能追捕那些浮浪人。才剛來京都沒幾天，至今仍未殺過人。

接著他們繼續巡視，來到蛸藥師。每戶人家都已熄去燈火。東西兩邊的大路都巡視過一趟後，在尾州藩邸休息。他們在藩邸被帶往官員用的房間，接受酒菜款待。就尾州家的官差而言，他們算是不速之客，但偏偏又不敢惹惱他們，所以由身為公用人★，同時也熟悉人情世故的松井助五郎這名老者出面接待。

這名老者懂得鑑定刀劍。雙方話題自然圍繞在刀劍上。

「京都有個奇怪的傳聞。」松井老人道：「聽說薩、長、土這三藩的激進人士，流行以村正當佩刀。」

「哦，這是為什麼？」

「村正代代給德川家帶來不祥之事，被視為妖刀，深受世人忌諱，但似乎有不少人刻意收購村正當佩刀。從這件事可以確定，三藩的激進人士口裡喊著尊王攘夷，其實心裡想的卻是倒幕。」

「原來如此。」

公用人：各大名專門處理幕府事務的職務。

近藤對村正不感興趣。他將自己的佩刀遞向松井老人。

「這是虎徹。請幫我鑑定。」

「那就容老夫好好鑑賞一番吧。」

老人以輕柔的動作拔刀出鞘。但旋即便又還刀入鞘。

「老夫真有眼福。」

近藤滿懷期待他能接著說下去。但老人旋即轉移話題，改為閒話家常，最後始終未曾透露對這把刀的評論。

「你看如何？」

這句話近藤始終未說出口。他生性少言寡語，總是津津有味地聽別人發表意見，鮮少主動高談闊論。

若單純只是寡言，那便是個蠢材。不過就近藤來說，此刻他有千言萬語在腹中翻騰。他恨透了松井老人那狂妄的態度。既然拿在手上看過，好歹也該說句評語吧？

一行人離開尾州藩邸時，整個市街一片靜悄悄。

明月高懸。

四人邁步朝月亮走去。今晚正好是月圓之日，月兒朦朧高掛東山之上，多濕的京都充分展現其春夜月色。

「忠助，熄去燈籠的火。」近藤道。

路上明亮倍常。

來到烏丸通時，突然四處狗吠聲大作。沖田甩動肩膀說道：「不太對勁。」

「哪裡不對勁？」

「狗的叫聲。姑且不管長嚎聲，當中有一隻狗叫得特別賣力。」

「沖田，現在正是狗發春的季節。」

山南從一旁插話道，一副無所不知的口吻，很像是他的作風。但沖田以罕見的認真表情應道：

「山南師傅，你說的沒錯，但我很喜歡狗。談到狗，我多少還比你懂一點。」

所以你就別再多嘴了，這才是沖田心裡想說的話。沖田很不欣賞山南敬助那凡事都愛擺淵博的態度。

建議近藤局長買虎徹當佩刀的，也是山南。明明對虎徹一無所悉，竟然還說得天花亂墜。就連年輕的沖田也感到懷疑，堂堂的虎徹，豈是到處都有，用區區二十兩便可購得？

「是什麼樣的狗？」近藤問。

「只要沿著狗叫聲走，應該就能明白。」沖田如此應道，率先走在前頭，沿著烏丸通南行。

走過錦小路，來到四條通時，沖田在十字路口駐足。

東邊街角為芸州藩邸。看起來沒有異狀。

西邊街角為町人住家。

隔一戶人家再往西而去，南面有一座土牆搭造的大宅。那是大坂富商鴻池的京都外宅（之後的鴻池銀行分店），在這一帶無人不曉。

「狗在鴻池的宅內吠叫。」沖田說。

「這樣啊。」近藤如此應道，旋即命山南守在鴻池宅邸的西側，沖田躲在東側，自己則是帶著忠助站在大門前。

「我是會津中將大人麾下的新選組，奉命前來盤查。開門！」

連喚了三次。到第三次，就像是回應他的叫喚般，發生了令人意外的事。

突然有人影從宅內冒出，站在牆上。

先是兩道人影。

後來增加為五道。

一開始的兩人躍向路面。

「什麼人？」

近藤壓低身子，移步向前。

對方似乎大吃一驚，不約而同地停步。但在得知來者是一名武士打扮的男子和一名下人後，便開口說道：

「敢來礙事的話，小心刀子不長眼睛。我們是來領取之前向屋主吩咐過的攘夷御用金，現在正準備離去。」

這種事在京都、大坂時常發生。這些浮浪人仗著借用尊王攘夷資金的名義，夜半闖進富豪家中搜刮完錢財後，便一哄而散。所謂的「御用強盜」指的就是這種情形，所以京都、大坂的町人對此苦不堪言。

「我明白了。」近藤以他特有的低沉嗓音說道：「我們是負責巡視市內的新選組。你們行跡可疑，必須帶著贓物跟我一起回營區審訊。」

對方當然是沉默不語。帶頭的男子拔出大刀。其他四人見狀，也不約而同拔刀，其中一人舉刀過頂，擺出上段架勢，迅如疾風地揮斬而來。

近藤右腳大步跨出，右肩微沉，手握刀柄。

當對手一劍砍來時，近藤的身軀陡然躍往右方。對手的身軀在他背後被砍成兩半，當場斃命。

躍往右方的近藤，大膽地衝進敵人首領正面三尺的距離內，單手擊向對方右臉。

首領心生怯意，往下沉身，此舉算他倒楣。因為近藤第二刀朝他頭頂斬落，將他腦袋剖成兩半。刀身誇張地陷入敵人顱骨內。

（真鋒利。不愧是虎徹……）

出手幾乎沒任何感覺。而且揮起劍來遠比竹劍還要輕鬆，出劍的鋒利與同田貫★很相似。

刀會隨著主人的不同，而帶有魔力。

當近藤相信它的鋒利時，他已成為一名超乎自己實力的高手。他施展出俐落的動作，雙腿和腰幾欲迸出火花。每次出手，對手便血肉橫飛，路上滿是濃濃的血腥味。

一人轉身想逃，沖田総司從東側飛奔而來，一刀了結他的性命。

山南也加入戰局，一名在近藤刀下負傷逃脫的敵人，以接雨水的水桶朝他擲來，他不予理會，三度跨步向前，在跨出第四步時，以一記右袈裟斬斬殺對手。之後山南的刀就此歪曲，收不進刀鞘裡。

新選組第一次在京都內殺人，就始於鴻池門前這起事件。近藤也是因這起事件而第一次殺人。

而天下第一富豪鴻池，也是從這起事件開始成為新選組的有力金主。此事留待後述。

同田貫：從永祿時代開始活躍的一群肥後刀匠所鑄的名刀。

三

新選組在京都成立後不久，齋藤一便從江戶趕來加入。

齋藤多年前便常出入近藤位在江戶的道場，幫忙指導門人練劍，或是代為與別派人士比劍，與近藤交誼深厚，近藤待他就像對待自己的弟子沖田一樣，照顧有加。

他的劍技強得駭人。父親本是播州明石松平家的浪人，所以他也自稱明石浪人。

（齋藤一入隊後不久，旋即成為隊內數一數二的高手，池田屋事變後，昇格為第三隊隊長，新選組的戰役幾乎無役不與。近藤死後，他跟隨土方歲三轉戰東北各地，前往五稜郭。後來眼看敗勢已定，他在土方的説服下離開函館，明治維新後依舊健在。維新後改名為山口五郎，在御茶水東京高等師範學校擔任劍術老師。）

齋藤年紀輕輕，便已具備賞鑑刀劍的好眼力，一有空閒便會到舊道具店尋寶。甚至隊員們也都會對他説：「齋藤兄，記得下次換我哦。」請他幫忙挖寶。

鴻池事件發生的隔日，近藤露出難得一見的開朗神情，將齋藤喚至房間。

「武士果然是需要配一把好刀。表現起來截然不同，有時甚至還左右著生死。」

語畢，他讓齋藤看那把虎徹。磨刀師候在一旁，看來正準備要磨刀。

「您說的是，這就是隊上傳聞的那把虎徹嗎？」

「嗯。」近藤微笑應道：「你可以拿去看沒關係。」

「容我好好鑑賞一番。」

齋藤緩緩靠近，從刀鞘前端接過刀，退開約四張榻榻米遠，口銜懷紙。

拔刀出鞘一看，從刀鋒到刀尖一帶，泛著一層像雲一般的油脂。

「好刀。」

這是齋藤的真心話。手握刀柄，感覺入手輕盈，揮刀暢快無比，令人感到情緒激昂。

「如何？」

「只有兩個字可以形容，好刀。」

「虎徹果然是名不虛傳啊。」

「不過師傅……」

齋藤臉上泛起調皮的笑意。

「這把刀不是虎徹哦。」

「嗯？」

近藤瞪大雙眼。

「你再說一遍。」

「要我說幾遍都行，依在下所見，這把刀並非虎徹。而且一點都不像。就算是門外漢，只要有點了解，還是能辨別虎徹的真假。您看這裡……」

他指著刀刃的亂紋。

「這裡應該會有一排數珠玉般的圓形刃紋。此稱之為數珠刃。不過，就算同樣是虎徹，早期的作品也沒有清楚的圓形刃紋。」

「那我明白了。這是虎徹早期的作品。」

近藤板起臉孔。這方面的知識，他當然是第一次聽聞。

「不，這也不是早期的作品。是不同人打造的刀。」

「這話怎麼說？」

「依我所見，這是最近的刀匠所打造，應該是出自源清麿之手。」

「哦。」

近藤心想，清麿也算是個了不起的刀匠。雖然作品極少，卻號稱是幕末首屈一指的刀匠，逝於嘉永末年，僅只是數年前的事。

此人個性偏激，行徑古怪。他很早便抱持尊王思想，據聞他絕不為幕臣鑄刀。由於他也曾棲身於長州（不過當時長州藩還沒有尊王攘夷的思想），所以當時在京都橫行的尊王攘夷浪士，很多都喜歡佩帶他鑄造的刀。至少可以確認的是，以守護將軍為名義成立的新選組，其局長以此做為佩刀並不恰當。

（可惡的相模屋伊助，竟敢矇我！）

近藤心中怒氣勃發，臉上卻裝作若無其事。

「不過，這把是虎徹。」近藤說：「你說是吧，磨刀師傅。」

「是。」

這名磨刀師傅在近藤的炯炯目光瞪視下，只能拜倒稱是。

「齋藤，你也要牢記這點。我這把虎徹的名聲，已在隊內傳開。要不了多少時日，也許連京都的孩童都會知道。這把刀或許不是虎徹，但今後它將以虎徹之名，活在眾人心中。我身負維護京都治安之責，它就像是我新選組的寶刀。一把刀的價值，不是其刀銘為何，而是在於如何用這把刀。」

近藤罕見地高談闊論了起來，同時想起尾州藩公用人松井那張清瘦的臉龐。近藤心想，他稱不上是武士。儘管有鑑賞刀劍的造詣，卻不懂得發揮刀的功用。

「在下明白了。」

齋藤也很爽快地答應。

那天午後，京都的鴻池外宅派夥計前來表達感謝之意，並說他們已備好粗茶淡飯，想略表心意。

「你家主人會在場嗎？」

「我們派信差火速向我家主人善右衛門通報此事後，主人大為震驚，說他想當面拜見各位，表達由衷感謝。」

「這樣啊。」

提到大坂的鴻池善右衛門，據說就算諸藩的藏役人★前往向他問候，也都會被掌櫃擋下，不是說見就見得到的人物。非但如此，時常向他借錢的西國大名，在參勤交代★返國時，會專程前往鴻池位於北船場的正宅，向他問候，足見其過人的威勢。如今善右衛門親自要前來京都拜會近藤，近藤當然相當得意。

見面當天，近藤帶領土方歲三、山南敬助、沖田総司、山崎蒸以及數名一般隊員，前往鴻池位於京都烏丸四條西入南側的外宅。

之所以不在祇園的料理店設宴，想必是考量到京都複雜的政治情勢，鴻池不希望此事外傳。

酒宴最後順利落幕。

「日後將在大坂另行款待。」

藏役人：各藩掌管藏屋敷的官員。藏屋敷是大名為了販售年貢米或藩內特產而設置的倉庫兼宅邸。大多設立於商業都市。

參勤交代：江戶時代的制度，各藩大名必須前往江戶替幕府執行政務一段時間，然後才返回自己領土執行政務。

由於鴻池曾如此説道，不久，近藤便藉公務之名，前往大坂。

一行人被招待至新町的款待茶屋，隔天前往正宅。

鴻池説道：

「也許您會看不上眼，不過，寒舍收藏了幾把名刀，請從中挑選您中意者。」

就鴻池來説，也許這就像贈刀給他支持的相撲選手一樣，不過，近藤倒是頗為開心。

近藤頻頻望向庫房裡不斷搬出的刀劍，當他看到最後一把刀時，眼睛為之一亮。因為在刀盒上寫著「長曾禰虎徹入道興里作」。

「這是虎徹。」

他拔劍觀視，長逾二尺三寸。果然如齋藤一所言，刀身的亂紋有一排數珠圖案。近藤樂不可支。

「我要這把。」

「請收下。」

鴻池未有不捨之色。

日後新選組與鴻池關係密切，鴻池曾多次獻金給隊上及近藤個人。

以鴻池的立場來看，想必是因為京都、大坂等地，尊王攘夷浪士囂張跋扈，代官及奉行所毫無維護治安的能力，所以他才想接近新選組，期望他們能以武力保護他的財產安全。

談個題外話，鴻池有次甚至向近藤和土方請託道：

——每天幾乎都會有浮浪人到寒舍來討錢花用，我們疲於應付。可否推薦文武雙全的人才，到我店裡當掌櫃？

（此事因為近藤等人所推薦的人選個人因素，而沒能實現。）

關於近藤和鴻池的密切關係，還有另一個故事。在大政奉還前，因土佐藩的重臣後藤象二郎要求與近藤會面，兩人展開了密會。當時後藤不知心裡打什麼主意，對近藤百般吹捧，近藤當然也因此頗為欣賞後藤。

——依在下所見，先生您有自在操控天下財物的過人才智。倘若您有此意，在下認識幾位大坂富商，可代為安排。

據說後藤沒想到會從新選組局長口中聽到這番話，內心大為驚詫。

四

從那之後，近藤便帶著鴻池的虎徹到市內巡視，他在這一年夏天初次用它殺人。
當時近藤在祇園石階下的料理店「山絹」，學會在京都茶屋一面玩樂一面喝酒的樂趣。他常微服前去。
他回途時坐轎。
來到鴨川時，他感覺前方橋畔有道人影，但定睛細看時，已不見蹤影。
為了小心起見，他在轎內微微握刀離鞘。
當時的四條橋，並非像三條、五條那樣的大橋，只是以河中沙洲為中心，架起兩座像土橋般的小橋。
轎子行經東邊的小橋時，沙洲的草叢突然一陣晃動。
近藤滾出轎子左側，站起身時，鴻池的虎徹已拔刀在手。
「我乃壬生的近藤。你們可別找錯人。」
「……」

藉著星光細數，刺客共有十人。剛才看到的人影，應該是探子。

近藤想逃。他一面跑，一面擺出上段架勢，朝站在橋畔的人影使出一記袈裟斬。但刀刃卻反彈而回，感覺到一股奇怪的反作用力。不僅如此，那名男子竟然還揮動長刀反擊。近藤踏步向前，同樣砍向其肩頭。對手在這股衝擊下跌倒，但旋即又站起身，踩著橋板，快步逃離。

近藤一反常態，勃然大怒。

（斬不了人！）

他脫去短外罩，想逃離此地。這時背後一個東西刺來，近藤就此撲向欄干。他右邊靠著欄干，全力抵擋左側。

他專注地彈開朝他刺來的短矛，但右手衣袖被短矛刺破，露出手臂。近藤切入對手握矛處，重重刺向其右胸。

男子的短矛脫手，往後倒臥，但漆黑的地面不見屍體。男子已逃走。

理由很簡單，因為對方個個都配戴了護額，身體和手臂都有鎖子甲保護，如此而已，但怒火直衝腦門的近藤就是悟不出這個道理。

（斬不了人！）

他對這把刀充滿懊悔。

（為什麼我不是佩帶日蔭町那把虎徹呢？）

那把鋒利多了。

鴻池這把虎徹斬不了人。以鋒利聞名的虎徹，不可能斬不了人。這麼說來，日蔭町那把才是真正的虎徹，鴻池這把是贗品。

近藤死命抵擋，走過西邊的小橋，正準備爬上對岸的河堤時——

「奸賊！」

最後一名襲擊者，從一艘岸上的小船後方衝出。

近藤停步。然而，四周沒有可供抵擋的樹木。

近藤劍持上段，男子面對他的氣勢，一時為之怯縮。以氣勢震懾對手，再趁其怯縮時反擊，這正是近藤的天然理心流劍法，而他也確實一劍斬落。但也許是夜晚看不清楚，一時沒抓準距離，這一刀砍中船緣，深陷三寸。

近藤沒注意到這件事。果然是因為氣得失去理智的緣故。

他旋即右手拔出短刀，以左手卸下陷入船緣的長刀，所幸對手已被近藤的氣勢震懾，躲藏在黑暗中。近藤趁機一口氣衝上河堤。

爬上河堤後，眼下是先斗町的燈火。

近藤鬆了口氣。他奔下河堤，衝進町會所，這才恢復平時的模樣。

「是我。」

就算他沒報上姓名，連京都的三歲小娃兒也知道他是什麼人。

「派人去一趟壬生，叫他們送馬過來。」

根據先斗町的傳言，在送馬來之前，近藤命人替他準備枕頭，在會所內躺著休息。眾人都極為害怕，不敢靠近。一把離鞘的刀就這麼隨手擱在一旁。

官差趕到後，站在土間戰戰兢兢地向他問候，近藤坐起身。

「哦，這把刀是吧。」難得近藤也會開玩笑：「臭刀，被刀鞘嫌棄，不讓它還鞘。真是把野刀。」

刀身似乎有些彎折。

不過，只要不是太粗製濫造的刀，就算略微有些彎折，放置個一天左右便可插回刀鞘。近藤策馬返回營區時，鴻池的虎徹已回歸鞘中。

翌日，近藤將齋藤一喚來，對他說道：

「我有一事不明。」

「何事？」

「你看這把刀。是出自聞名天下的富豪之家，而上面也鏤有刀銘，卻是贗品。」

齋藤詳細檢視。經過仔細鑑定後，確實是長曾禰虎徹入道興里沒錯。

「好刀。這是真品。」

「我就知道你會這麼想。」

近藤呵呵而笑。

「所以我才說你們這些鑑定家靠不住。你說是清麿打造的那把刀，才是真正的虎徹。」

「是這樣嗎？」

齋藤側頭不解。不過，面對如此頑固的人，齋藤並不想和他頂撞。

「近藤師傅對於虎徹的鑑定，也頗有獨到之處呢。」齋藤以此四兩撥千金。

「哪裡，因為用過之後，就知道真偽。起初那把刀，鋒利絕倫，就像被吸進骨頭裡一般，但這把就差遠了。」

近藤的鑑定法非常單純。只要鋒利，就是虎徹，不論刀匠是誰都無所謂。這種態度確實很像近藤的作風，齋藤覺得很有意思。

近藤有一把虎徹，此事已在京都的浮浪人之間傳開。

近藤自己開始對虎徹有一種近乎信仰的想法。這把寶劍如果斬不了人，對他會是一大困惑。

近藤告訴齋藤，清麿就是虎徹，這番古怪的言論或許是想說給自己聽。

「師傅，可以讓我再看一次那把虎徹（齋藤指的是鴻池的虎徹）嗎？」

「拿去看吧。」

齋藤拿著放大鏡，仔細檢視刀刃。結果發現從刀鋒到刀尖一帶，竟有無數個小缺口。

「哈哈，看來，您是砍中身穿鎖子甲的人了。如果因為這樣而說它斬不了人，那虎徹未免也太可憐了。」

近藤怫然作色，蹙起眉頭，沉默了半晌，接著才應道：

「我知道對方穿鎖子甲。但若是真正的虎徹，應該會連同鎖子甲一同斬斷才對。」

（看來是多說無益了。）

齋藤如此暗忖，擔心惹近藤不悅，不再多言。

之後，近藤會因為磨刀的緣故，而交替佩帶日蔭町的虎徹與鴻池的虎徹，但佩刀似乎也有好壞運之分，每次佩帶鴻池的虎徹，前線的隊員發生事故的情況總是特別多。不僅如此，近藤自己也常腹瀉、頭痛，佩帶它總是諸事不順。

「土方，鴻池那把刀果然不是虎徹。」

「是嗎？」

土方皮笑肉不笑。他從小就知道近藤的這種思考模式。如果是常人，便會說一句「清麿的刀比虎徹更鋒利」，虎徹的問題就此解決。但近藤並不是這樣。「虎徹」是他的信仰，所以他非得將清麿當做虎徹，把真正的虎徹當做贗品，如此方肯罷休。

近藤的時勢觀也是如此。「德川家」就武州出身的近藤而言，就像是個神聖的代名詞。

當然了，他並非不學無術之徒。他少年時代最愛看的書，便是賴山陽所寫的《日本外史》，長大後深受水戶學的影響，十分了解如今流行的尊王攘夷思想。但德川家就他來說，就像虎徹，他深信所有價值都源自於此。對於否定此價值者，他會像將鴻池的虎徹視為贗品一般，毫不留情地加以誅殺。

不久，芹澤鴨斃命，近藤獨攬大權，他的人馬躍居組內主流時，土方為了召募隊員而前往江戶。

投宿於柳町的道場。

某日，土方派人向日蔭町的刀商相模屋伊助傳話。

——想和你談談關於局長近藤勇的佩刀。

伊助大為震驚。

他心裡暗叫不妙。其實他並不清楚那把刀出自何人之手，但因為它和虎徹頗為相似，所以伊助看準客人外行，就此賣給了他。沒想到那名男子竟然當上新選組局長，說起來算是伊助倒楣。

——就是這麼回事。

伊助向妻子坦言此事，將嫁出門的女兒全部找回來，與她們餞別，就此前往柳町的道場。沒想到他為人倒是頗為乾脆。

土方前來接見。

「我是近藤師傅的代理人，副長土方歲三。你就是伊助嗎？」土方高高在上地說道。伊助當然知道，他們在京都的威名早已傳至江戶。

「關於之前那把虎徹。」土方以不懷好意的眼神望著簌簌發抖的伊助，笑咪咪地說道：「你可真會做生意呢。」

「請、請您恕罪。」

「不，我是在誇獎你。那把虎徹是近來難得一見的利劍，近藤師傅也愛不釋手。他還特別吩咐我，要趁這次回江戶的機會，好好向你道謝。鄰房備有粗酒，請好好享用。」

（咦？）

伊助抬眼而視。

土方不懷好意地笑著。伊助急忙把頭貼向地面，這時，土方朝他面前擺了五兩金幣。

「一點小意思，請收下。是酬金。」

「是。」

從那之後，近藤虎徹的威名傳遍江戶各大名和旗本宅邸，甚至還傳入將軍家。江戶的消息傳遞迅速。當然了，一開始是相模屋伊助為了替自己宣傳，四處逢人便說，但這同時也是新選組所做的宣傳。

土方早看出這點，才演了這齣戲。

土方回京都後，發現副長助勤齋藤一腰間插著一把未曾見過的佩刀。

「齋藤，這是……？」

「您發現啦。這是虎徹哦。」

「嗯？」

土方沉思了一會兒，命齋藤立刻到他房間去。

齋藤納悶地來到土方的房間後，土方對他說：「那把刀借看一下。」

「請。」

齋藤遞出佩刀，土方拔刀出鞘，看過之後，旋即又還刀入鞘，一副不感興趣的模樣。

「你在哪裡得到的？」

「在夜市裡挖寶得來。」
約莫二十天前，齋藤一如平時，上四條通的夜市閒逛時，在御旅所★前，發現這把刀混在一堆雜物中。
他拔劍一看，雖然刀已帶有紅銹，刃紋模糊不清，但看得出此刀絕非俗物。
——這把刀多少錢？
他問店家，對方回答五兩。齋藤殺價為三兩，回營區向同僚借錢，就此購得。
「當真是虎徹？」
「起初我也有點懷疑，不過……」
雖然有可能是虎徹，不過，也可能是其養子「長曾禰虎徹興正」的作品，為了謹慎起見，齋藤帶往磨刀店請人鑑定。最後得到的回覆，證明它是如假包換的虎徹。
「既是這樣，我有一事相求。這是為了隊上著想。你可願意聽我一言？」
「敢問何事？」
「擁有虎徹者，就只近藤師傅一人。要守護京都，展現新選組之武威，只需要一把利劍虎徹。你應該也這麼認為吧？」
「原來如此。」
近藤的刀櫃裡，又多了一把虎徹，但近藤依照土方的建議，將它和鴻池的虎徹一

★御旅所：在神社祭典中，祭神四處出巡時，暫時安放神轎的場所。

起東之高閣。

元治元年六月五日晚上，長州、土州等二十幾名激進派浪人，於三條小橋西側的池田屋客棧密會，新選組前往襲擊時，近藤率先衝進土間，得知浪人聚集在二樓後，旋即一口氣衝上樓梯。

——怎麼回事？

聽見樓下的聲響而起身的，是土佐藩的脫藩浪士北添佶麿。他曾在江戶向桃井春藏修習鏡心明智流的劍術，文武雙全。之後雲遊四方，結交諸藩的有志之士，在京都的浮浪人之中，堪稱是名重要人物。他個性剛烈，有一對迷人的雙眼，唇際仍留有少年之氣。

——我去看看。

北添不經意地往樓梯窺望，差點與衝上樓的近藤撞個正著。

「啊。」

北添想拔刀，刀身已拔出一半，但近藤的「日蔭町虎徹」朝他頭頂閃過一道寒光，北添的頭蓋骨碎裂，化為一團血淋淋的肉塊，滾下樓梯。

（夠鋒利！）

近藤衝進裡頭的房間。他深信虎徹有神靈附體。不知是刀自己斬殺敵人，還是持刀者的本事斬殺了敵人，當時近藤發揮的冷澈劍技，令人難以想像。

事變結束後，近藤修書一封，寄給人在江戶的養父周齋。內容節錄如下。

（前略）衝進屋內殺敵者，僅只在下、沖田、永倉、藤堂、小犬周平（養子）五人。敵眾（二十多人）我寡，雙方交手，火花四散，戰鬥歷時一個多時辰，永倉新八打斷佩刀、沖田総司刀尖斷折、藤堂平助之刀刃缺損猶如竹刷、小犬周平之長槍遭敵斬斷，至於在下，因所攜佩刀乃虎徹之故，刀身分毫無損。

留著前髮的惣三郎

一

新選組於堀川屯營時，多次招募隊員，來自諸藩的二十多名劍客，齊聚營內新建的道場中。

新選組於文久三年春天成立時，曾至京都、大坂等附近的道場宣傳，廣招隊員，所以連一些素行不良的分子也成為隊員。但現在已今非昔比，若非持有重要流派的劍術證書，想入隊可說是難如登天。

在考試方面，如果修習的是劍術，就必須事先寫下劍術的流派、師傅姓名、傳授的等級，交付審核。

再來則是看實際的劍技。由報考者相互過招，打鬥相當激烈，雖然也會看劍技高下，但更重鬥志。

第一階段的考試是初選，有十人被淘汰。這時被淘汰者會依照與別派人士比試的慣例，向負責的隊員領取紅包後，就此逐出門外。

局長近藤勇、副長土方歲三、參謀伊東甲子太郎，在道場正面站成一排，至於接待者，則是由沖田総司、齋藤一、池田小太郎、吉村貫一郎、谷三十郎、永倉新八等人負責，個個都是身上散發血腥味的老手，站在道場各個角落。他們輪流擔任裁判。

時值初夏。由於規定參賽者在等候時也不得將面具取下，所以在場眾人身上穿的棉布護衣就像沖過水似地，完全被汗水濕透，有不少人氣喘吁吁。

然而，有名男子不知用了什麼方法，全身不流一滴汗。

此人個頭矮小。面具背面塗的是罕見的青漆，身體護具是亮眼的黑漆，兩片柏葉交叉的家紋，以金線繡成，不僅練習衣是白色，連裙褲也是，而且相當平整，摺縫處看不到一絲皺折。由於他戴著護具，看不到長相，但從舉止動作感覺得出此人絕不尋常。

是名高手。

他劍術絕倫。初選時，他上場總是輕鬆獲勝，未曾被對手擊中過。

「此人是何來歷？」

近藤向土方問道。此人的氣質透露出他的出身。近藤猜想，此人恐非一般武士，也許是江戶某幕府直屬武士家的二公子，隱瞞身分前來應試。

「他啊……」土方翻閱名冊：「是名町人。」

「嗯。」

近藤微露慍色。此人絕不可能是町人之子。

「不會是奸細吧？」

新召募的隊員中，許多是長州浪人偽裝後加入，一度令他們疲於應付。

「關於這點，他的身分沒有問題。他的師傅是押小路高倉西入的心形刀流濱野仙左衛門先生，還帶有其介紹函。聽說他在濱野先生門下取得劍術證書，還擔任道場的代理師傅。」

「他是何出身？」

「他家是濱野道場附近的一家棉布店，名叫越後屋，介紹函上提到，他是家中的三男。」

「越後屋？」

近藤也知道這家店。在名古屋是數一數二的富豪。

「叫什麼名字？」

「加納惣三郎。」土方應道。

町人一般都沒有姓氏。加納也許是他自己取的姓氏。不過，一旦入隊後，便享有會津藩士的待遇（慶應三年以後，成為正式的幕府直屬武士），擁有正式的武士身分，也就能公然使用姓氏。就這些平民出身的劍客而言，這正是新選組最吸引人的一點。

「介紹函中還附上簡單的祖譜。越後屋的祖先出自美濃加納鄉，戰國時代，加納雅樂助為稻葉一鐵的家臣，是一位威名遠播的勇士。其子孫日後流落越後，後來又輾轉來到京都。雖是町人出身，但越後屋擁有加納這個隱藏姓氏。」

「喂，你看。」

近藤朝道場中央努了努下巴。

加納惣三郎一路獲勝，最後一場比賽對上田代彪藏。

據土方的名冊所述，田代彪藏是久留米藩的脫藩浪士，操使北辰一刀流，他是隊上監察篠原泰之進的舊識，所以身分沒有問題。

此人劍術卓絕。

他也是一路過關斬將，未曾讓其他參賽者擊中過。

田代擺出左諸手上段★架勢。加納選擇沉穩的下段架勢。雙方靜立不動。

田代彪藏人如其名，銳不可當，只見他裙褲輕揚，立刻便縮短兩人的距離，剛猛的一刀朝加納面門斬落。不過，加納早已採取行動，他竹劍的刀背上揚，架開對手的臉部攻擊，並使出俐落的腰勁，一劍擊向側身避開的田代右軀。

——擊中身軀。

擔任裁判的沖田総司喊道。

左諸手上段：左腳向前，左手在左腳正上方的上段架勢。

接著，田代彪藏以刺擊獲得一勝。

最後一戰，加納擊中田代左臉，田中擊中加納身軀，幾乎在同一時間擊中彼此，但沖田卻舉手判定加納惣三郎獲勝。

「土方，剛才的判定你怎麼看？」

「也許是田代獲勝吧？因為沖田站在東側，可能沒看到田代擊中加納身軀的那記快劍。」

「孰勝孰敗並不重要。真正夠水準成為我們同志的，就只有他們兩人了。你認為呢？」

「沒錯。加納，田代。——」

「可以了。」

兩人被告知近藤的意思後，在營區的澡堂洗冷水澡，沖去汗水。

事後，兩人被引往近藤的房間。房子才剛蓋好不久，仍留有木頭的香氣。房間蓋得相當奢華，遠比大藩的留守居役所住的屋子更為氣派。

加納和田代與近藤隔一個房間，拜倒行禮。一旁的土方苦笑道：

「兩位，局長和隊員們並非主從的關係，我們彼此是同志。靠過來一點吧。」

「是。」

加納抬起臉來，大膽地移膝向前。

近藤和土方重新看清楚加納惣三郎的長相後，不禁暗暗吃驚。男人竟有如此美貌。

加納仍蓄著前髮。

一對單眼皮的細長雙眼，充滿驚人的魅力。他膚色白淨，唇形柔美。

「加納，你今年貴庚？」

「在下今年十八。」

「好年輕啊。」

近藤瞇起眼睛。他鮮少用這種表情看隊員。近藤沒有斷袖之癖，不過，看見如此俊美的青年，難免心曠神怡。就連土方也不禁感到心頭一陣雀躍。

「年紀輕輕，才十八歲就當上代理師傅啊。」

「在下還有待磨練。」

「不，剛才看過你比武的模樣，令人佩服。你的劍術相當精湛。」

說完後，近藤這才發現，自己還沒跟加納身旁的田代彪藏說過話。

「你叫田代對吧？」

「是的。」

兩人形成強烈對比。田代彪藏眼窩凹陷，一口暴牙，唇色不佳的雙唇，勉強包覆住門牙。不過，他擱在膝蓋右邊的佩刀，從刀柄到刀鞘全塗上莩卷黑漆，是一把刀身寬厚的直刀，讓人感到莫名陰森。

「時局愈來愈艱困。為了守護皇城，望兩位能誓死效忠。」

「請您多多督促指教。」

兩人就此退下。

之後近藤和土方談到兩人職務配置的問題。

「我想讓加納當我的隨行侍衛，你意下如何？」

「好啊。」

新加入的隊員，依照慣例，起初都是先擔任局長的隨行侍衛，以見習隊務，因此土方並無異議。

「那麼，田代就發配到沖田的第一隊見習隊務吧。」

「好。」

近藤莫名地開心。

二

堀川營區內有一處鋪滿白沙的庭院，時常會在該處灑上沙子，鋪上草席。觸犯隊規的隊員，便是在此處切腹或斬首。有時一個月便會有多達四、五名隊員在這座白沙庭院殞命。

負責斬首或是切腹的介錯人★，大多是從新進隊員中挑選。這是為了培養他們的膽量。

第四隊的一般隊員，美濃大藩脫藩者武藤誠十郎，假借籌措隊務資金的名義，向町家借錢，此事爆發後，被問罪論斬。那是加納和田代入隊隔天發生的事。

「由加納執刀如何？」

近藤對擔任監察的篠原泰之進如此說道。篠原當然沒有異議。

加納惣三郎走進白沙庭院。

他以頭巾纏好蓄著前髮的額頭，身穿印有家紋的黑羽雙層窄袖服，腰間繫上頂級博多織腰帶，插著白刀柄紅刀鞘的一對細身長短刀，猶如從畫中走出的人物一般。

★介錯人：陪同在切腹者身旁，在其切腹後加以斬首，幫切腹者解脫。

他遵照禮法，沒穿裙褲。

武士在執行斬罪（町人則稱之為死罪）時，會讓犯人穿上正式禮服，反手置於背後，以繩索捆綁，讓犯人頭部往前挺。

兩名隊上的僕役，從背後拉住捆綁犯人的繩尾。

見證人是監察篠原泰之進。

加納惣三郎繞到犯人左側，俐落地拔刀。

態度沉穩。

（難道他殺過人嗎？）

土方暗忖。

加納舉刀過頂。

「得罪了！」

首級落地。

不知加納用了什麼方法，血霧並未灑在他身上。他以上等的懷紙拭去刀上的血漬，眼角泛起淡淡的笑意。

「勇氣過人，如同蘭丸◎一般。」

事後近藤如此說道。但土方卻認為那不是勇氣，而是另一種截然不同的內心展現。

蘭丸：可能指森蘭丸，織田信長的侍童（小姓），頗受寵愛。本能寺之變時與信長皆戰死，據說當時信長命令蘭丸在本能寺放火。

——加納還沒碰過女人。

隊內開始出現這樣的傳聞。隊員在談論女人的話題時，加納從不摻和，就算恰巧在場，只要有人提到這類的話題，他便兩頰羞紅，狀甚狼狽。

他那狼狽的舉止，比起年輕姑娘更加迷人，帶給隊員們莫大的刺激。

好像還有人會同他搭訕。

其中尤為糾纏不休的，是第五隊隊長，出雲松江的脫藩浪士武田觀柳齋，以及和加納同期入隊的田代彪藏。

田代今年三十歲。

他是久留米藩的鄉士，在他的故鄉，喜好男色早已蔚然成風。但一般人年過二十，便會擺脫這項惡習。不過田代從未娶妻，入隊後似乎也未曾涉足風月場所，從這點來看，不少隊員都認為他有斷袖的傾向。

——加納刻意與田代保持距離。

隊內有此流言蜚語。

「我們結拜為兄弟吧。」

田代緊纏著加納。但加納似乎拒絕他的要求。在京都，除了箇中老手常去的蔭間★茶屋外，一般來說，並無追求男色的風俗。想必加納對此頗為驚訝。

★蔭間茶屋：類似現今的牛郎店。

——不過，那小子也很有那方面的傾向。

隊中也有人如此認為。有類似經驗的人，便具有看出這種傾向的直覺。

加納開始露骨地表現出他對田代的厭惡。就算眾人一起在大房間裡聊天，只要田代一走近，他便起身離去。

——開始總是會討厭的。

資深的隊員說。

——他都已經十八歲了，還不剃去前髮。這不就等同在廣邀此道中人和他搭訕嗎？大家反而對田代寄予同情。

人人都有不同的看法。

田代彪藏身高五尺六寸。

他少言寡言，表情嚴肅，但因為有一對暴牙，所以笑起來一臉和善。他操著一口濃厚的筑後鄉音，給人鄉下土包子的印象。

某日，土方來到第一隊的休息室，從走廊往內窺望。

「啊，這不是土方師傅嗎？」

眾人紛紛端正坐好。

「您找哪位？」

「沖田在嗎？」

沖田是第一隊隊長。

這名年輕人雖身為近藤親衛隊的第一隊隊長，但個性灑脱，鮮少待在自己房裡。

「他剛才好像出門去了。」

（這傢伙真令人頭疼。）

土方走出營外。

這一帶是七條醒井，村名叫不動堂村。北面是西本願寺的圍牆，西南方可望見東寺的高塔，中間是連綿的農田，種植著供應京都人食用的蔬菜。營區旁是潺潺而流的堀川。

村裡的孩童在堀川裡抓魚。沖田総司蹲在河邊，頻頻與孩子們談天。

「総司。」

沖田瞇著眼轉頭而望，一副光線刺眼的模樣。

「你在做什麼？和孩子們玩嗎？」

「哪兒的話。和這些小鬼玩，一點意思也沒有。」

話説如此，沖田這名奇特的青年似乎不愛和隊上大人一起説三道四，反倒喜歡和孩子一同放風箏、教他們玩關東的踢石子遊戲，或叫孩子們教他玩京都的「啞巴拳」。

「我抓到小魚了。」

「要做什麼？」

「煮來吃啊。」

他大概是想請伙房將小魚燉煮到可以連同魚骨一起吃的鬆軟程度。自從池田屋那場廝殺後，沖田似乎一直身體不適。

「我要和你談論田代與加納惣三郎的事。」

「哦，那件事啊。」沖田望著水面應道：「那件事我實在不會處理。男人追求男人，真搞不懂。」

「他們兩人當初入隊時的那場比試，你判定第三場是由加納獲勝對吧。」

「好像是吧。」

「其實田代以些微之差，早一步擊中加納身軀。」

「不過，他那一擊力道太淺。雖然也可以算是互擊，但我記得加納惣三郎的刀法較為俐落，出招也比較有力道。所以我才會判定加納獲勝。」

「誰的劍術較高？」

「加納惣三郎。」

沖田総司很肯定地說道。土方深知沖田在這方面的眼光遠在近藤和他之上。

「是嗎？」

土方走進營區大門。

此事透著古怪。土方無意對隊員的隱私追根究柢，但他之所以感到事有蹊蹺，全是他的個性使然，他凡事都得照自己的方式清楚得出結論不可。

土方戴上護具來到道場。

道場裡的木板地，擠滿了沒輪值的隊員，正在做攻擊練習，或是對打練習。

土方叫了一聲：「加納在嗎？」

加納惣三郎旋即從人群中穿出。

「來練習吧。」

「是，望您賜教！」

兩人就此過招。

土方以他異常強烈的氣勢令對手怯縮，趁人怯縮之際攻擊，展開突刺，並踏步向前，不斷壓制對手。但加納不斷看準他的破綻進攻，刀法比想像中來得凌厲。土方多次沒能成功擋架，淺淺地挨了幾劍。

「可以了。」

土方收回竹劍，接著從人群中找出田代彪藏，和他過招。

田代雙手戴著護手，雙肩高聳，手握竹劍，模樣像極了鼴鼠。這名木訥的男子，見對手是副長土方歲三，也許是有所顧忌，不敢放手進攻。

「田代，不必顧慮。」

「喝！」

田代出劍攻擊時，土方雙腳不動，一劍擊中其護手。實力相差懸殊。

「太弱了。這就是擁有北辰一刀流劍術證書的水準嗎？」

土方語帶激勵地説道。田代聞言後也許是大感光火，大動作地展開攻擊。這次土方則挑起竹劍，擊向田代面門，並順勢擊向其身軀，不讓他有任何喘息的機會。「到此為止——」

土方向後躍開，收起竹劍。

（果然如総司所言。田代的實力還差加納一截。）

土方將加納和田代喚來，命他們兩人對戰。

田代擺出青眼的架勢。

加納惣三郎也擺出同樣架勢。

田代的劍尖彷彿在誘對方出手般，微微晃動。此稱之為「鶺鴒尾」，是北辰一刀流的獨門招式。

田代吁了口氣，微微露出護手的破綻誘敵，加納惣三郎揚起劍尖，擊向田代的面門。這時，田代以剛猛的一劍擊中加納身軀，贏得一勝。

（這就怪了。）

土方暗忖。

之後，感覺田代彪藏的架勢彷彿變大許多，劍尖壓制住加納惣三郎的行動，攻擊流暢自然。和田代過去與人對打時的情況截然不同，滿溢驚人氣勢。反倒是加納的氣勢減弱許多，最後甚至被逼至道場角落，中了一記幾欲將咽喉刺穿的刺擊。

（他們兩人有一腿。）

換言之，加納惣三郎已成了他的「女人」。對別人能展現出如此高超的劍技，但遇上田代便展現不出鬥志。

（原來是這麼回事。）

土方無法理解斷袖癖好者的想法。雖然不懂，但他覺得自己變聰明了。

——加納惣三郎與田代有一腿。

過沒多久，旋即傳出這樣的傳言。

因為隊上有敏銳的觀察者。

第三隊裡有名一般隊員，為出身丹波篠山藩的脫藩浪人，名叫湯澤藤次郎，他便是其中之一。此人長著一張闊嘴，眼睛就像長針眼似地，令人反感。不過他個性急躁，凶狠剽悍，與人廝殺時總是率先衝鋒陷陣。由於他的故鄉在篠山，所以嗅聞得出斷袖癖好者之間的關係。

不僅如此。

湯澤對加納惣三郎還懷有非分之想。

（若能擁著惣三郎，和他一起於破曉時分聆聽烏啼，就算要我少活幾年，我也甘願。）

斷袖癖好者心中的慾望，似乎比渴望美女的男人更強烈。

湯澤從加納惣三郎的舉止動作中看出，他是田代彪藏的孌童，而且已完全是此道中人。

湯澤又妒又羨。

（我要把他搶過來。）

他下定決心，開始接近惣三郎。已成為斷袖同好的加納惣三郎，對他的搭訕並不反感。每次看到湯澤，他總會展現出旁人查覺不出的微妙媚態。

某日飄起了雨。湯澤邀惣三郎一起去祇園一家名為「楓亭」的料理店。

「去祇園？」惣三郎瞪大眼睛問道：「有什麼好玩的嗎？」

「也沒什麼啦。那裡的楓葉掛著雨珠的景致頗佳。我只是想去那裡嚐鮮魚，配小酒，順便欣賞美景。」

沒想到惣三郎一口答應，與他一同前去。就在那家料理店的廂房內，惣三郎被湯澤強渡關山。或許應該說，惣三郎只以手腕略微抗拒了幾下，便任憑湯澤擺布。

「此事不可以告訴田代哦。」湯澤嚴厲地說道。

惣三郎默默頷首。他的前髮垂落白皙的前額，低頭望著地面，模樣比女人更為嫵媚。

兩人前後發生了三次關係。每纏綿一次，湯澤的想望便多加一分，三次的幽會，令他心中動了殺機。

「啊……」

惣三郎身子為之一僵。

「我不會對你怎樣。不過惣三郎，你就那麼喜歡田代彪藏嗎？」

「為何這樣問？」

「因為我們都已是這樣的關係了，你卻仍無意與田代分手。快和他斷絕關係吧。」

「我斷不了。」

「田代對你糾纏不休嗎？」

「倒也不是。」

惣三郎相當狡詐，他想同時享有兩個男人的愛。惣三郎的心中，已孕化出一個荒淫無度的女人。

「你打算怎麼做？」

湯澤一再逼問。惣三郎臉上泛起為難的微笑。

那微笑映在湯澤眼中，是另一種表情。他覺得惣三郎瞧不起他，惣三郎果然對田代彪藏情深意重。

（我非殺你不可！）

從那時候起，湯澤下定決心，要斬殺田代彪藏。

三

這天早上，難得勤勉的土方歲三也會睡懶覺。

當監察山崎蒸叫他起床時，已日上三竿。

「有急事嗎？」土方隔著拉門問道。

監察山崎蒸的身影微微晃動。

「有名隊員遭人斬殺。」

「我這就起來。」

土方立刻前往井邊，用粗鹽漱口，展現出潔癖的一面。他略感頭疼。

他理好儀容後，回到自己房間接見山崎。山崎攤開「慶應元年九月再版京都地圖竹原好兵衛版」的彩色印刷地圖，指著上面的一點道：「就在這裡。」

那是位於松原通東洞院上的因幡藥師寺東牆外。

該處附近的居民於黎明時發現那名隊員的屍體，透過奉行所向營區報告。

「死者是誰？」

「我正要前往查看。」

約莫半個時辰後，山崎返回，查出死者為湯澤藤次郎。

死於一記右袈裟斬。看來是厲害的劍客所為。

「凶手是何人？」

「尚未查明。」

就常理推斷，應該是薩摩或土佐的武士所為，但他們地處南國，與其他藩國不同，髮型、佩刀、服裝都略顯特異，一眼便能分辨。事實上，當時還有目擊者。是因幡藥師寺內的雜役。

「據說凶手口音不像是薩摩或土佐的人。」

「這麼說來……？」

「有可能是隊內的人下的手。」

「湯澤在隊內可有與人結怨？」

「不清楚。」

山崎說他會進一步調查，就此離開。

不久，湯澤藤次郎的葬禮結束，山崎的調查卻遲遲不見進展，轉眼已秋意漸濃。

土方向來都在隊內起居生活。近藤若晚上沒要事，則是回附近的休息所過夜。那是四周圍有黑板牆的別致雙層樓建築，原本是真宗興正寺寺主的坊官宅邸，後來由新選組借用。宅內有名女子，是新藤的小妾。此女非關本篇的主題，故不另做贅述。

某天，土方和近藤在那座宅邸裡共進晚餐。閒談中，近藤像突然想起似地說道：

「關於我那位隨行侍衛加納惣三郎……」

「哦，惣三郎他怎樣嗎？」

「聽說他成了隊上某人的孌童呢。」

「難道你現在才發現？」

土方笑近藤迷糊，連自己的隨行侍衛跟隊員勾搭上了都不知道。

「土方，這件事處理一下吧。」

「處理？」

在隊上，這句話意味著死。但罪及至死嗎？斷袖之癖是僧門和武門舊有的陋習，還稱不上違背武士道。

「要殺了他嗎？」土方語帶不服地說道：「這樣他也太可憐了吧。近藤兄，該不會連你也迷上惣三郎了吧？」

「土方，你……」近藤顯得有些狼狽：「你會錯意了。我並沒叫你殺他。我的意思是要你吩咐監察山崎，帶領惣三郎領略女人的滋味。」

「明白了。」

不論近藤還是土方，對待惣三郎似乎總帶有一絲憐惜，不像對待其他隊員那般嚴苛。不過，他們自己對此倒是渾然未覺。

土方向監察山崎蒸吩咐近藤交辦的事。

「只要帶他去島原玩，應該就沒問題了。」

「有道理。」

「可以用軍費嗎？」山崎難得也開起了玩笑。

「怎麼能從軍費出呢。他家可是押小路的越後屋呢，應該多的是錢吧。不過，關於你的花費……」

土方給了山崎一筆錢。

然而，白花花的銀子就這麼浪費了。據山崎的報告，不論他如何邀約，惣三郎總是不願賞臉。

「有意思。」土方開心地笑道：「惣三郎也許是怕你會對他怎樣吧。」

「那我可真是沒想到啊。」

「你不要急，要慢慢和他打好關係。因為他還沒見過世面呢。」

山崎極為盡忠職守。之後他仍是以率直的態度頻頻接近惣三郎。

惣三郎似乎不斷在躲避他。

就這名年輕人來說，這是理所當然的反應。雖然他已和田代彪藏有肉體關係，但除了已故的湯澤藤次郎外，還有武田觀柳齋、四方軍平等不少人常藉故與他攀談。一想到連監察山崎也對他有意思，他便感到寒毛直豎。

但另一方面，他也不排斥。

與山崎日漸熟稔後，加納惣三郎也漸漸開啟了話匣。

山崎從他口中得知意外的消息。

原來湯澤藤次郎生前也有分桃之癖，還曾追求過惣三郎。

「他也有斷袖之癖？」

「是的。」惣三郎頷首。

「所以你已委身於他了嗎？」

「我才不會做那種事呢。」

「那你到底和誰有關係？」

「和誰都沒有。」

「嗯，沒和任何人發生關係是吧？」

山崎加以確認。當然了，山崎早已從土方那裡得知惣三郎與田代彪藏之間非比尋常的關係。

「我喜歡山崎先生。」

惣三郎突然說出這句耐人尋味的話語。山崎的言行令他會錯意。

山崎一再想解釋當中的誤會。他告訴惣三郎，我並不打算引你走入男色之路，我只是想帶你上青樓，讓你明白男女歡愉的樂趣何在。但惣三郎始終只是微笑不語。

從惣三郎的神色可以看出，他認為山崎這招過於老套。

「武田師傅也和您一樣……」惣三郎語帶含糊地說道。

日後因為與薩摩私通的嫌疑，而在鴨川錢取橋遭斬殺的第五隊隊長武田觀柳齋，似乎也曾以「我帶你去玩女人」為藉口，帶惣三郎上花街柳巷，最後在他安排的房間裡挑逗惣三郎。

（拿我和觀柳齋相提並論，真受不了！）

山崎最不擅長處理這種工作。

「土方先生，這件事還是另請高明吧。」山崎大喊吃不消。

「別這樣，就當做是執行任務吧。」

「可是……」

「這可是男人才有的好處哦。」

土方也笑了。他或許也很期待此事的發展。

不久，事態逐漸往山崎意想不到的方向發展。每當惣三郎與他在走廊上擦身，惣三郎總會臉泛紅霞。看來，惣三郎是愛上山崎了。

（真教人頭疼。）

山崎茫然無措。

惣三郎的態度愈來愈怪異，終於，某天他主動向山崎提議道：「山崎監察，能否帶我去島原呢？」

「可是加納老弟，我得先告訴你一聲，島原是找女人玩的地方哦。」

「我知道。」

雖然惣三郎嘴巴上這麼說，但也許心裡想，山崎和觀柳齋都同一個德行。

「那我們就今晚去吧。你今晚不用輪值吧？」

「是的。」

惣三郎頷首應道，他那白皙的頸項嬌嫩欲滴，連山崎看了都為之一驚。

（不行！）

也許我已開始受惣三郎影響了，山崎如此提醒自己。

山崎從島原的遊郭◎裡挑選了輪違屋。

山崎喚來他熟識的老闆，告訴對方加納惣三郎至今仍未嚐過女人的滋味，請他盡可能選一位溫柔體貼的妓女來侍候。

「天神★可以嗎？」

這是比大夫次一級的妓女。想必是老闆見加納惣三郎只是一般隊員，料想他手頭不會太闊綽，所以才這麼說。

遊郭：紅燈戶區。

天神：妓女的等級之一。最高的等級是大夫，次一級則是天神。

「不，要大夫才行。」

「大夫？」

老闆納悶不解。山崎苦笑道：「人家可是押小路越後屋的少爺呢。」

「哦，原來是越後屋啊。」

老闆也聽說過越後屋的名聲。因為來者身分不俗，所以他答應派出號稱島原第一美女的錦木大夫侍候。有錢能使鬼推磨，比起新選組的隊員，越後屋少爺的身分反而還比較吃得開。

「山崎大人您呢？」

「我今晚只是作陪，就不必另外找姑娘了。幫我備個空房，我想小酌幾杯。」

「小的明白了。」

入夜後，兩人啟程前往。如今與當初於壬生屯營時不同，離島原有一大段路。來到半途的田間小路時，惣三郎木屐的鞋帶突然斷裂。

「能走嗎？」

「嗯，勉強還行。」

惣三郎撕裂手巾，重新綁好鞋帶，但看起來還是步履艱難。

「我們到那兒去叫頂轎子吧。」

山崎的態度親切。惣三郎見他如此親切，似乎頗為欣喜，迅速地靠向山崎身旁。

一把握住他的手。

（真傷腦筋。）

山崎仰望星空。只見滿天星斗，五顏六色不斷閃爍。他心想，明天應該會是個晴朗的好天氣，忍下這時心中的痛苦。他心裡憐憫惣三郎，不忍伸手將他甩開。不僅如此，山崎內心也開始有一股怪異的思緒在蠢動。

（不行！）

來到本願寺前，正好迎面來了兩頂空轎，於是山崎將惣三郎推進其中一頂，自己逃也似地坐進另一頂。

來到島原後，山崎就不再孤立無援了。女侍多得是。他將惣三郎交給女侍和丫環侍候後，馬上退到其他房間裡拭汗。

他細看剛才被加納握在手中的中指。

手上留有一種酸甜夾雜的感覺，猶如滲入手指中一般。難道我也有那方面的傾向？連山崎自己也覺得很不可思議。

「阿松在嗎？」

他拍掌喚來熟識的女侍，命她備酒，從土方給他的那筆錢當中取出豐厚的賞銀，賞給阿松。

——妳聽好了，錦木大夫接待的這位客人加納惣三郎，略微有喜好男色的傾向。而且至今仍是童子之身。因為是第一次和女人上床，就像切腹一樣，妳就當自己是介錯人，在一旁好好監看。

——在下明白是也。

阿松戲謔地應道。

眼看時間差不多了，山崎就此返回營區。

翌晨，惣三郎返回營內，臉色蒼白已極。在局長室所在的走廊處與山崎擦身而過卻裝不認識。看來是在鬧脾氣。想必他猜想自己能和山崎獨處，這才前往輪違屋，但沒想到被山崎擺了一道。

到了午後，輪違屋的女侍阿松前來，對山崎抱怨道：

「山崎先生，真是太慘了。昨天後來惹出好大一場風波啊。」

一問之下才明白，惣三郎四處找山崎，始終靜不下來，不論錦木大夫和隨侍一旁的女侍說什麼，他都不願搭理。經過一再好言相勸，他才肯上床安歇，但是面對枕邊的錦木大夫，始終連她一根手指都沒碰過。

（真有點過意不去。）

山崎此刻的感覺很複雜。話雖如此，他又不想和惣三郎同床共枕。

當天夜裡。

山崎因公務前往奉行所辦事，返回時已是日暮時分。

他沿著左側的二条城南堀，前往堀川。堀川充當城裡的外濠。只要沿著堀川筆直往南走十五、六町★，就算閉著眼睛也能抵達營區大門。

行經六角通時，他曾換過燈籠裡的蠟燭，但來到四條的堀川時，燭火熄滅。那是隊上專用的燈籠，山形上面寫著一個「誠」字。

山崎蹲下身點火。這時，他突然拋下手中的蠟燭，衝向堀川邊。

拔刀出鞘。

「你可別認錯人哦！我乃新選組的山崎！」

他以柳樹當屏障，脫去木屐，瞇眼細看眼前的黑暗。一道黑色人影正壓低身子向他欺近。明知他是新選組的隊員，還敢隻身前來索戰，想必此人對自己的劍術頗具自信。

山崎確認自己腳下所踩的地面。他用力一踏，腳跟的土塊紛紛掉落堀川。土塊落水的聲音，令他當下做了決定。

他往地上使勁一蹬。

★一町：約一〇九公尺。

使出上段架勢，攻向黑影人頭頂。山崎本以為自己斬中對手，卻被黑影人迅速躲過。

黑影人持刀對峙了一會兒，不久便以飛快的步履往東逃逸。

（哼！）

這種場面，山崎早習以為常。他從容地蹲下身，以同樣的姿勢朝燈籠裡點燈。路面就此變得明亮。仔細一看，有樣東西掉在地上。

是一把小刀。

應該是從對方的刀鞘掉落。約三寸二、三分長，模樣粗糙。

返回營區後，他立刻請各隊長暗中調查，看誰的刀鞘上少了小刀。

最後查出是第一隊的一般隊員田代彪藏。

山崎立刻明白他便是這把小刀的主人。

監察山崎蒸立即向土方歲三報告此事。當然了，之前與加納惣三郎在島原遊郭發生的事，他已原原本本地告訴了土方。

「原來如此。」

土方先是一笑，但旋即收起笑容。

「真是對你過意不去。看來，田代彪藏以為你奪走了他的惣三郎。你成了他的情敵。他們這些人可真是可怕啊。」

可能是惣三郎傾心於山崎，反倒冷落了他的老情人田代彪藏。田代對山崎懷恨不已。

「斷袖癖好者的嫉妒心還真是強烈。更何況田代是當初帶惣三郎走上這條路的人，被你橫刀奪愛，一定嚥不下這口氣。」

「我才沒有橫刀奪愛呢。」

「我明白。」

土方把小刀放在掌中端詳。

刀柄刻有俱利迦羅★。細看刀銘，似乎是筑前的刀匠打造的。

「田代好像曾經是久留米藩的步卒對吧。」

「不，身分比步卒還低，聽說是家老宅邸裡的雜役。」

「可能是在雜役房裡染上斷袖之癖的吧。雖有一身好武藝，卻自毀前程。」

土方將小刀扔向榻榻米上。

「在因幡藥師寺斬殺湯澤的，也是這個男人。」

山崎同樣也這麼推斷。

土方站起身，準備向近藤報告此事。

俱利迦羅：不動明王化身的龍王。

近藤人在房內。土方報告完原委後，向他說道：「此事雖令人同情，但絕不能再放任不管。」

「那就殺吧。」近藤說。

田代已可視為瘋子。若是放任不管，不知隊內又會引發何等風波。

「不過土方，此事要暗中進行。」

「派誰下手好呢？」

「就派加納惣三郎吧。」

「他嘛……」

土方流露不忍的神情，但旋即別過臉去。近藤嘴角掛著笑意，那是連他多年的盟友土方也第一次見識的怪異笑臉，或許可用淫邪形容。派情人去殺自己的情人，此種異常情景的想像，讓近藤潛藏心底的陰暗面浮現嘴角。

「就派惣三郎一個人去對付，穩當嗎？他們兩人的劍術旗鼓相當呢。」

「不，加納一個人就行了。」

「他也許無法勝任。稍有閃失，也許還會喪命呢。」

「那就加派兩人助拳吧。你和沖田。這樣應該就萬無一失了。」

「我？真教人心情沉重啊。」

語畢，土方破顏微笑。

四

「要我斬殺田代先生？」

惣三郎的朱唇瞬間發白。但他旋即泛起微笑，轉為冷酷的神色。

「我會全力以赴。」

（他在打什麼主意？）

土方冷冷地望著惣三郎。

「只有你一個人對付他。」

「是！」

惣三郎顯得氣定神閒。

不久，一切都準備妥當，加納惣三郎在營區內等候日落。不過，擔任助拳者的土方和沖田総司已離開營區。

他們早已做好埋伏。

亥時，土方與沖田來到鴨川位於四條處的沙洲，站在草叢中靜候。再過不久，月亮便會露臉。惣三郎和情郎田代一起朝這裡走來，應該是惣三郎騙田代一起上祇園。

沙洲兩側是河灘，東西兩處的河灘上分別架著小橋。前往祇園者勢必得橫越這座沙洲。

「來了。」沖田道。

今晚沖田似乎身體微恙，聲音有氣無力。或許應該說，他幾乎都沉默不語，只低聲對土方說了一句話。

「這兩個人我都討厭。連看都不想看到他們。對了，甚至連聽到他們的聲音，我都覺得全身發毛。土方先生，你呢？」

土方沒有答話。他懷有特別的情感，遲遲無法下手解決此事。過去他肅清過許多隊員，但不論在何種情況下，土方負責決斷的內心，總自認是出於正義。而這一次，他該出於何種正義呢？

「來了。」沖田重複道。

有兩條人影。

他們正欲從土方面前通過。那道像是加納惣三郎的人影突然駐足。展開行動。

他拔刀攻擊，斬向田代彪藏的人影，但未能得手，田代的人影輕盈地向後躍離。田代也拔刀應戰。當時月亮尚未升起。

「惣三郎，你竟敢背叛我。」

聲音無比淒慘。

加納惣三郎朗聲大笑。副長土方和第一隊隊長沖田跟在他身後。惣三郎那天真的自傲，讓他的笑聲顯得更加高亢。

「田代先生，因幡藥師寺那起事件，以及在堀川埋伏襲擊山崎監察的事，已經罪證確鑿。我惣三郎奉命前來誅討。」

「且慢，你有何證據？」

田代的語氣聽來頗為意外。土方覺得事有蹊蹺。

（不會是誤會了吧？）

在因幡藥師寺斬殺湯澤藤次郎的人，也可能是惣三郎。也許當時他仍愛著田代，對侵犯他的湯澤懷恨在心。

後來他移情別戀，愛上山崎，開始對田代的糾纏不休生厭，於是他為了陷田代入罪，特地偷走他的小刀，遺落在佯裝襲擊山崎的現場。這樣很合乎邏輯。

但這終究只是想像。

身處此等畸戀中的惣三郎，內心世界也許極為錯綜複雜，遠非土方所能想像。

月出東山。

田代彪藏滿懷恨意，飛撲而來，奮力揮劍劈砍，加納惣三郎以刀鍔勉強擋下這劍。

田代臂力雄渾。

他打算以蠻力將這劍往下壓。田代的刀鋒已碰觸惣三郎的前額。

刀身在顫抖。

田代鼓足渾身之力。惣三郎左腳腳踝處的沙石突然崩塌，就此失去平衡。

「啊！」惣三郎慘叫一聲。

月光將他的臉照得白皙無比。惣三郎噘起嘴唇呻吟道：「饒、饒了我吧。」

田代仍是不斷使力。這時，惣三郎像在夢囈般，接連說了幾句話。他到底說了什麼，藏身暗處的土方和沖田無法聽見。即便聽到了，恐怕也不是他們所能理解的話語。那或許是兩人私下共享閨房之樂時，所說的古怪愛語。

奇妙的是，田代朝刀鋒傾注的全身之力，在這寥寥數語下，突然像煙消霧散般，瞬間消失。

同一時間，惣三郎陡然沉身，向後躍離，同時一劍掃向田代身軀。接著又踏步向前。

田代已經倒地。惣三郎像發狂似地衝向田代，一刀疾砍而下，接著又再補上一刀。

土方和沖田默默離開現場。他們踩著草叢，踏過沙地，當走過西橋時，沖田驀然停步。

「對了。」他自言自語般地說道：「我想起有件事沒辦。我要回沙洲一趟。」

土方知道他所指何事。

於是土方獨自沿著鴨川河堤往南而行。走沒幾步，突然有一股難以克制的情感湧上心頭。

（怪物！）

他吐了口唾沫。

當唾沫落地時，河堤下傳來一個低沉而有特色的呻吟聲，但旋即被河水聲蓋過。

（惣三郎長得太過俊俏。想必是他被男人們玩弄時，遭怪物附身吧。）

土方悄悄以左手手指輕輕一撥，讓和泉守兼定微微離鞘。

他拔劍疾斬，復又還劍入鞘。一株櫻花小樹就此倒地，樹梢在空中畫出一道圓弧。

土方究竟是斬除心中何物，連他自己也不明白。

日本館・潮 J0228

新選組血風錄（上）

作者……司馬遼太郎
譯者……高詹燦
主編……吳倩怡
特約編輯……陳錦輝
行政編輯……許景麗
美術設計……吉松薛爾

發行人……王榮文
出版發行……遠流出版事業股份有限公司
104005 台北市中山北路一段十一號十三樓
電話……(02) 2571-0297
傳真……(02) 2571-0197
郵政劃撥……0189456-1
著作權顧問……蕭雄淋律師

初版一刷……二〇一〇年二月一日
初版六刷……二〇二二年七月一日
售價三二〇元

ISBN 978-957-32-6601-3

新選組血風錄 / 司馬遼太郎著; 高詹燦譯.
初版. 一 臺北市 :
遠流, 2010 [民99] 288面 ; 14.8×21公分
ISBN 978-957-32-6600-6 (套裝)
ISBN 978-957-32-6601-3 (上冊; 平裝)

861.57 99001223

SHINSENGUMI KEPPUROKU Vol. 1 by Ryotaro Shiba

Original Japanese edition published by Kadokawa Shoten Publishing Co., Ltd.
Traditional Chinese translation rights arranged with Shiba Ryotaro Kinen Zaidan through Japan Foreign-Rights Centre/Bardon-Chinese Media Agency

ylib 遠流博識網
http://www.ylib.com
e-mail: ylib@ylib.com